三民叢刊 187

現代詩散論

白萩 著

三民書局印行

新版序

白萩

《白萩詩選》收錄了本人從一九五三至一九六八年間的作品，是最早的三本詩集《蛾之死》、《風的薔薇》及《天空象徵》的合集；至於《現代詩散論》，則集結了十八篇我對現代詩的基本觀念和重要主張。這兩本書分別於一九七一和一九七二年曾經出版。許多朋友和研究者，時常問起我從前的創作，由於先前作品多散見於詩刊雜誌，因此有些已難以復見。

時隔三十多年後，回顧自己早期的作品，由於年齡的增長、環境的改變，對事物的感受都已不同，當初的創作已成為我生命中思想與感情的記錄，唯有對現代詩的繪畫性、音樂性和錘鍊語言的堅持與追求至今依然不變。感謝三民書局將這兩本書重排出版，讓讀者得以一窺臺灣近五十年來現代詩風格的轉變。希望它們能給各位喜歡現代詩的朋友一些啟發和參考。

現代詩散論

目次

由詩的繪畫性談起

從詩的歷史看。「詩」不是一個「聾子」；卻差不多是「盲子」。直到最近幾十年來他才睜開了眼睛。

我所以寫這一篇文章的目的，是鑑於有許多人士冒然的排斥了此種表現範疇中的另一種表現方法。如果我們能夠確認所謂詩，其「音樂性」只是附從於「意義」的話：那麼把「音樂性」轉換成「繪畫性」而附從於「意義」也是有相等的理由。像保羅・魏爾崙(Paul Verlaine)的「神祕的音樂就是詩」；像萩原朔太郎的「接近音樂典型的表現，才能叫做純粹的詩」，此種把「音樂」的地位列於和「意義」相等的地位，其缺陷和錯誤是顯而易見的，持有這種見解的人不會是說：「音樂」在詩中可以取代一切表達一切，果真如此，則我們大可以不設「詩」這個名目了。事實上，保羅・魏爾崙的〈秋歌〉，其音樂性比之「純粹音樂」的描述是顯得非常蒼弱的。阿波里奈爾 (Gruillume Apollinaire) 的〈皇冠〉、〈鏡子〉、〈心臟〉、〈領帶〉等詩，企圖把「繪畫用來取代詩中的一切」也犯了和企圖「以音樂為詩」同樣的錯誤。可是在一般流俗的見解上，在詩中從事「繪畫性」的表現和從事「音樂性」的表現卻獲得不相同的待遇，由於詩人在詩中，鍛鍊文字音韻的歷史比較悠長，使人們發生了把「以音樂為詩」的錯誤承認為是的錯覺。而對於把「繪畫性」附從於「意義」的藝術工作者，卻苛酷地以「繪畫為詩」這一極端的立場來攻擊他們：「欲圖變繪畫而後快的詩」，就如覃子豪先生在〈現代中國新詩的特質〉一文中草率地作賤了我集子後面有著繪畫性的幾首詩。

人類發明了文字，即表示利用空間的開始；欲把那些在時間中無法獲得的價值，由其表達之。

既然在詩中，「音樂性」只是附從於「意義」；「繪畫」也只是附從於「意義」，那麼思考「意義」的需要而決定「表現方式」正是詩人的才能之一。

人類生下來便懂得利用聲音，換言之，它是與幼稚期同時發生的，可是懂得利用圖示卻在漸漸有智慧以後。

上面的話並不意味著否定了聲音的價值，而是意味著新技巧新方法，加入了表現範疇，同時它並不包含著唯我獨尊的排斥性。我們觀照一事物，不僅是「想」它「聽」它；同時也「看」它「嗅」它「觸」它。可是在以往，詩人的才能幾乎只限於「想」與「聽」，今日在詩中提倡「繪畫性」，只在替詩擴拓表現「看」的領域。準此觀念，我們或許也有期待屬於「嗅」的詩之出現的可能性。我的證明有三：

1. 象徵派「交錯感覺」的意圖。
2. 香味電影的產生。
3. Filippo Tommaso Marinetti 的幾首標示嗅覺詩的嘗試。（從反面的理由看：人類在「嗅」「觸」方面的表現與感受還是相當幼稚和狹窄，並且文字在這方面缺乏表現的機能。

但無論如何，「繪畫性」之值得提倡是基於人類視覺的世界遠比聽覺為大。）

「音樂性」只附從於「意義」
「繪畫性」只附從於「意義」
「嗅覺性」只附從於「意義」
「觸覺性」只附從於「意義」
「………」只附從於「意義」

換言之：

「意義」有如下的隨從：「音樂性」
「繪畫性」
「嗅覺性」
「觸覺性」
「………」

我最重要也是唯一要表達的觀念是：「詩」並不像過去那樣的只認為存在於「音樂中」；今日我們寫有關於圖象的詩，也並不只認為「詩」存在於「繪畫中」，而是視「意義」的需要或為「音樂性」或為「繪畫性」的，但其地位只是「意義」的附從而已。

房屋（林亨泰《現代詩》13期）

笑了
齒齒
齒齒
齒齒
齒齒

哭了
窗窗
窗窗
窗窗
窗窗

湖濱之山　（秦松《現代詩》15期）

綠色的　藍色的
森林　鏡子
森林　鏡子
森林　鏡子
森林　鏡子
森林　鏡子
森林　鏡子
森林　鏡子
在沉思　在凝視

這兩首詩所以失敗，並不是「繪畫性」之過，而是詩中的「繪畫性」差不多取代了「意義」的關係。

在時間中，未來臨的一秒對於你是不可知；同樣地，聲音的價值，在未由單音累積成一個階段時，對你也是沒有意義的。可是一秒鐘的空間卻可以為你展示很多。歷來，那些以聲音的手段去表現「物」時，都把「物」肢解得破碎了。

在確定了如上的觀念之後，我們可以來討論一點「繪畫性」中極端表現的「以圖示詩」的價值，「以圖示詩」並未新得好像我們未做過的夢；怪誕得好像瘋子亂抓的手勢，它出現在詩，古老得可以做耶穌的十代祖父。遠在紀元前三百年，那些居住在希臘盧德斯(Rhodes)的詩人，便寫出了一些有關於樂器、刀斧、祭壇、雞蛋和鳥翼的圖象詩。而古希臘西米亞斯(Simmias)的成就幾乎為後來所有圖形詩作者所推重，在他四百年之後，有彼占丁納斯(Besantinus)的發揚，以及十七世紀英國的喬治・哈柏(George Herbert)和現代的戴蘭・湯麥斯(Dylan Thomas)與法國的馬拉美(Mallarme)阿波里奈爾莫不在從事著圖象詩的努力並且有相當成就。

在詩中，一個形容詞，一個比喻，一個隱喻，或則所謂意象，莫不是詩人使詩企圖在空間佔有一個位置的意欲，可是從沒有一個比喻，沒有一個隱喻，它的繪畫形動，能比圖示更能獲得具體形象的滿足。一首純粹的圖象詩，它不僅給你「讀」，並且給你「看」，它的存在，就如大自然界中的一物，吸引你去瞭解它，它的好處，就是我們在閱讀它們的第一個字之前，它對你已經開始運作。這種以非言辭開始的言辭，對於一個讀者宛如魔術般的引他入迷，對於一個詩人的詩藝上，也進一步的把握了「簡練」的本質。

圖象詩的特性，在混合著「讀」與「看」的經驗，它利用了你的「腦筋」，並且也利用了你的「眼睛」。它使以往千篇一律的形式，成為表現它本身自有的形式，就如那件事物的本身站在那兒向你逼視。

例　一

E. E. Cummings: "Bird"

birds(
here, inven
tingair
U
)sing

tw
iligH(
tls
v
va
vas(
vast

ness.Be)look
now
(come
soul;
&:and

who
s)e
voi

c
es
)
are
ar
a

例　二

Philip Lamantia: "Dome"

w
h
a
t
g i f t　　to bring
n
o
w

o
u
t
of my heart in
chaos as I remember O
Love the voice that came
do from the tree and fell
on my heart like a veil paxi
O Lord the peace you spell out
silen between the rafters of your
Heart built up in your House I come
to you wanting wanting to love
Y　　　　　O　　　　　U

例　三

George Herbert: “Easter Wings”

Lord, Who createdft man in wealth and ftore,
Though foolifhly he loft the fame,
Decaying more and more,
Till he became
Moft poore;
With thee
O let me rife
As larks, harmonioufly,
And fing this day thy victories:
Then fhall the fall further the flight in me.

My tender age in forrow did beginne
And ftill with ficknefies and fhame
Thou didft fo punifh finne;
That I became
Moft thinne.
With thee
Let me combine,
And feel this day thy victorie:
For, if I imp my wing on thine,
Affliction fhall advance the flight in me.

例　四

We lived beneath the mat,
Warm and snug and fat,
But one woe, and that
Was the Cat!
—
To our joys
a clog, In
our eyes a
fog, On our
hearts a log,
Was the Dog!
—
When the
Cat's away,
Then
The mice
will
play,
But alas!
one day, (So they say)
—
Came the Dog and
Cat, hunting
for a
Rat,
Crushed
the mice
all flat,
Each
one
as
he
sat,
Underneath he mat, Warm and snug and fat.
Think of
that!

Lewis Carroll:
"The Mouse's Tale" from
Alice's Adventures in
Wonderland, 1865.

例　五

John Updike: "Pendulum"

This lean commuter busies
Himself with being steady;
No matter where he is, he's
Been often there already.

例　六

Alberto Giacometti: "Poem in Seven Spaces", translated by David Gascoyne. Appeared in New Verse, December 1933.

2 golden
claws

a drop
of blood

white spiral
of wind upon
two great
breasts

the yellow
field of
folly

3 galloping black horses

the legs of
chairs break
with a dry
crack

all objects have gone
far away and the sound
of a woman's steps and
the echo of her laugh
fade out of hearing

例　七

John Updike: "Mirror"

When you look	kool uoy nehW
into a mirror	rorrim a otni
it is not	ton si ti
yourself you see,	,ees uoy flesruoy
but a kind	dnik a tub
of apish error	rorre hsipa fo
posed in fearful	lufraef ni desop
symmetry.	.yrtemmys

如前例：一、二、三、四、五、六、七

所有的詩都由形象開始、發育，然後被移植於紙上，那麼圖象詩的形象，該使詩更能回復到文學以前的經驗；回復到聲音與符號結合而成的，原始、逼真、衝動，有著魔力的經驗。

圖象詩在「繪畫性」中所獲得的前衛地位是不可忽視的，它在表現領域中所顯示的獨特的光芒，也應被一個自覺的藝術家所嘗試所採納。例如林亨泰在〈車禍〉一作中，所表現的車子迎面衝來的那點有速度、有遠近、有行動的緊張的感覺，決不是由聲音的手段，或者以「如山上的大石迎面壓下」之類的比喻所可達到：

車・車●車●

還有在《現代詩》14期上那首：

ROMANCE

有一卡車的
凸型面孔的
求婚者
追求一顆★
←----
←----
←----
以光的速度
越過
山
越過
山

追求一顆星，他不寫「星」而以「★」這個符號來代入，是因為「★」比「星」這個字，更能使人感到，星在文學以前的那點經驗。------→使人看見光的進行，而那三倍大的「山」字，由對比中令人感到山的「形」和「量」。

這一首詩比之他另外幾首符號型的詩顯得成功是：他在詩中的繪畫行動並沒有取代了所欲表達的意義，這首詩使人感到在這機械時代中那點超現實的Romance的綺念。

在這裡我想談談我寫〈流浪者〉與〈蛾之死〉時所持有的理念，和所欲達到的效果：

流浪者

望著遠方的雲的一株絲杉
　　望著雲的一株絲杉
　　　　　一株絲杉
　　　　　　絲杉

在地平線上
一株絲杉
在地平線上

他的影子，細小。他的影子，細小
他已忘卻了他的名字。忘卻了他的名字。祇
站著。　　　　　　　祇站著。孤獨
　　　　地站著。站著。站著
　　　　　　　　　　站著
　　　　向東方。
　　　　　　　　孤單的一株絲杉。

第一節我首先描述著一個流浪者眺望的心情，從「音」感「量」感和「意義」上表現逐漸失望的情緒，我之重覆並且變化一個句子而不願敘述或比喻，因我相信，這種含蓄更能直接表現流浪者悲哀的情緒。然後第二節我退至一個角落來觀察他。我發覺他的孤單，他的寂寞和渺小，即使費盡千百句的比喻，遠不如這樣地利用空間的圖示；利用這直接的形象，更能使讀者置於那曠大的寂寞和淒涼的經驗。然後我表現他流浪之久，而在第三節重覆的「站著」是表現其無可奈何。

蛾之死

他頓覺翼化了。春的纖足
踐踏在花與花之上。　　　啊
不知名的小女孩，喃喃洩漏情人
的名字。在那棵相思。什麼樣的一對
吻聲喋喋，驚落熟爛而熟爛的
葡萄。　葡　萄　。

突然。　　　醒了。在
無邊黑暗的洞穴
無邊黑暗的洞穴
黑暗的洞穴
靜寂如
鯨腔的吞入
無邊黑暗的洞穴
不耐如
腔裡捲動的舌

乃有金蜂們成群花宴　他們的聲響驚恐　無邊黑暗的洞穴
裝扮風流的大夫。敲敲　他們的聲響敲叩　無邊黑暗的洞穴
每個花少婦的肚皮　　聲響叩著　黑暗的洞穴
聲響叩著　黑暗的洞穴

乃不耐如
捲動的舌
不耐如
捲動的舌
不耐如
捲動的舌。突而

整個舒展了。觸不到藍天的邊緣的邊緣。啊啊啊
光光光光光光光光光光光。啊
光光光光光光光光
光　　　　　　光
光　飛飛飛飛　光
光　飛飛飛飛　光
光　飛飛飛飛　光
光　飛飛飛飛　光
光　　　　　　光
光光光光光光光光
光
光
光
愛，在何處？花，在何處？晨光。

帶來基督的微笑掃過那一片微泛的湖
而他不識。踽踽
　這片交織著踽踽於黃金海岸詩人的眸光。
　　　　　　　　　　　　　　　　眸光。
　　　　　　　　　　　　　　　　眸光。

飛　教堂

他們在宣稱：「把左頰再給他吧！」而
　雞啄在凌辱一株初芽的銀杏。他
寂寞。一隻灰色的老鼠咬受難耶穌的足跟於
星期日的十二時。

飛　銅像

它不識。比春天來得更早的穿紅衣
藍衣的那些煩囂的異端們。把去秋
紅葉小心小心捨起來夾在「男性
性生活」裡的。祇是
　東面無際
　西面無際
　北面無際
　南面無際
上面又無際
　　的
孤零。

飛　大學實驗室

把男同學的情書如化學分析樣的分析著的。
一株苗條又苗條的女同學。把某甲某乙

的性荷爾蒙加起來而造成所謂醋。春天
。心被礦石樣關在屋裡敲得叮噹响
叮噹响
叮噹响
飛。
太陽的明礬逐漸沉澱了空氣的濁。黑。遂乃夜了。
夜的重量　飛
寂寞的重量　飛
夜的重量重量　飛
寂寞的重量重量　飛
啊。風雨的千鞭鞭笞　飛
而
有光透自那窗。往昔的
愛情被割裂在七弦的弦與弦之間。

被棄的少女。怨恨與珍惜地

捕他自覓暖的燈旁。以尖利的針

釘死於空虛的白牆上自可以夢見愛的腦門。

生命就如此終結。

生命就如此終結。

生命就如此終結。

一瞬。

"Let us have no more of Those successive, incessant, back and forth motions of our eyes, Travelling from on line to the next and beginning over again". 馬拉美這句話差不多成為晚

近詩派創作方法的典範。「讓我們的眼睛不再有那些連續的、反覆的前前後後的運動，從一行到下一行，並且又從頭開始。」不再有連續的，反覆的動作，就是破壞傳統詩慣用的線的進行。讀者在讀〈蛾之死〉第一第二節時，我希望他照著這樣的方式去讀它：即把上半段和下半段連接著讀：「突然。　醒了。在　無邊黑暗的洞穴　他頓覺翼化了。春的纖足　無邊黑暗的洞穴　踐踏在花與花之上。　啊……」顯然這完全破壞線的進行。但由這樣交錯的一直讀下去，將由於音節的「變換」以及「意義」上的對比而獲得「戲劇性」的效果。這點效果也是我極欲嘗試達到的。因為我認為「蛾本身在洞穴中有詩」外，「洞外的春天也有詩」；正如：「風景中的樹林」有詩，「樹林中的風景」也有詩。這兩種「詩」以及更多的「詩」是同時存在，並且也互相影響的，那是屬於空間的差別，並無時間的先後，如果照傳統詩線的表現方法，先寫「春」後寫「蛾」；或者先寫「蛾」然後寫「春」的，顯然不能比之使它同時出現在一「平面」上更能獲得互相影響的效果，恐怕所獲得的效果因時間的拉長，而成為非常微小了。同樣的道理，我在表現蛾之闖入這世界中，那種突獲光明的激越之情，和在無限光明中歡樂的形態。我簡練的以「圖示」是我覺得這值得以此，而使讀者回到文學以前的那衝動，狂熱的經驗。

如果人們不執拗於「音樂或繪畫先於一切」，那麼混合著「聽」與「看」的經驗，該更能使詩回復到文學以前，事物原始的感覺，——而構成美學的整體——這是我關於此種技巧的容忍，也是我的結論。

那麼選擇做一個有「腦筋」有「耳朵」有「眼睛」的人該不是一個傻子吧？

實驗階段

對於目前的新詩，有兩種極端不同的估價態度：一是詩人的——一種懷有敝帚自珍的偏好；一是非真正詩的讀者——秉承大陸失陷前的視詩為白話文學成就之末的觀點。前者急功心切，由回顧的比較中，認為現階段的新詩已達到收穫與創造的時機，雖不見得領導世界詩壇，但準之世界水準而無愧，抱此種觀點的以那些高齡的，所謂兼各家所長的詩人為最多。後者對詩缺少親切的態度，未做長期的觀察比較，徒然以過去片爪半鱗的概念來發表議論。

在我個人認為兩者都存有偏頗，前者賣瓜自甜，後者視繩為蛇。做為一個新詩的喜愛者，我非常非常的殺了自家的威風說：現階段的新詩，仍承《嘗試集》的精神，停留在實驗的階段，我說這句話，正因為我是把整個世界（包括歷史與空間）視為一個傳統，

（為了避免無意義的誤會，我得把傳統這兩個字註明為有別於艾略特(T. S. Eliot)在〈傳統與個人才能〉中所提出來的傳統，也不是越回溯越精純的崇古精神，而是一種在美的創造上說起來，已呈現腐朽意味的貶詞）。我所以不諱言地用「仍承《嘗試集》的精神」這一句話，是因為《嘗試集》在新詩歷史上所佔有的不可磨滅的地位：在於處立於當時中國情況中開拓的前衛精神。歷史所以能增添新的面目在於新事件的發生，如果我們把已有的文化視為傳統這一個名詞，則傳統範圍的擴大有賴於這些前衛精神下的嘗試。是以，我認為：那些自視為真正現代主義者，或則所謂採各家所長的折衷主義者，他們的方法，他們的理念，都未突破這個傳統的範圍，他們只是從高流疏入低流，或則可說是對這傳統可貴的一面做一種重覆的工作。

《嘗試集》的價值，只有置於五四時代的中國情況下才有價值一些，以現在的作品比較於五四的作品而沾沾自喜者，也只有把自己囿於五四時代的情況下才有可能，如果，我們把自己置於當前的知識情況，把自己的眼光越過國界而著眼於整個空間，我們沉吟再三，只能承認是一種重覆工作，至多也只能是一種以相同的理念和方法從事於不同語言文字間的實驗而已。然而這是次級文化進階於前衛文化的必經過程，我們認為，不管我們的重覆工作如何接近世界水準，不管我們對於一種模型和工具有所發揚，從傳統的立場上來說，那只是一個成功的重覆。唯有重覆之後，並且由重覆中獲得另一種絕不相同於過去的啟悟，將對這傳統的範圍有所擴充時，或者，把整個傳統視為一種束縛，對這束縛有了突破時，我們也許可稱為我們有了創造，也許那一天，我們對於整個世界會開始了領導。

我把未超出傳統的創作皆視為一種重覆；同一理念和方法在不同的文字間的嘗試皆稱為實驗，而抹殺了通常所慣用的創造名詞時，讀者會看出我顯然是從最高的階層上來說的，那麼便不用以冒然的態度來攻擊我是在侮辱每一位創作者的努力。從這一個觀點之下，我視自己和林亨泰先生從事的圖象詩，與紀弦先生從事的交響樂性的戲劇氣氛，瘂弦，洛夫，季紅等的聯想系統的切斷及意象，都不過是一種實驗性的介紹工作，無所謂標榜新創，只希望使我們的低流，早日能與世界水準成水平而已。但是我的話並不在意味著實驗與重覆無等級之分，一些折衷主義之缺少個性，一些假冒現代主義行其投機的企圖，在藝術上都不過是一群無聊的湊熱鬧的吶喊，他們在文化的況位，既無開拓的前衛精神，復把價值的認識立基於重覆之上，他們以重覆的次數決定藝術價值的所在。

故在當前詩壇的實驗中奔流著兩股暗流，一是把知識視為一種工具，以達到認知的目的，他們盡量的在實驗每一種已有的工具（相等於每一種派別或主義），以鍛鍊能力和獲得新的啟悟，他們的藝術價值建立於超傳統上。一為從事於傳統的維護，堅持惟有已承認的知識才是有價值的，他們說：重覆等於酒在地窖裡陳釀。

此種前衛與折衷之間，包含著對文化變遷有極不相同的看法，折衷主義者是視其為分類學的，他們將文化歷史的段落，割分為絕不相同的種類：a+b+c+d……+n=x，假設x為人類文化的總和，若執其中因子為a，則不可能同時干涉有b到n中的諸分子。文化，只是各種不相干、互為矛盾的混合體。折衷主義的野心是提出各因子間的優點，而造成另一個藝術上的混合體，以達到馭萬的權威。與此相反，前衛主義是視其為進化論的：

a+1=b

b+1=c

c+1=d

d+1=n=x

b之出現是針對著a之缺點而發的，新工具之出現是為改良舊工具的死角而生的，但是b之成為一種新面目，並非完全排拆a的因素，1之加入a成為變化作用，可能促使a某部份之淘汰，但並不與全部之a無干。現代文化，是人類由古至今心智活動的總合，也就是艾略特和龐德(Ezra Pound)所謂的：「片刻即是永恆」的歷史全部重量的感覺。折衷主義目標為垃圾箱式的混合是一種荒誕不倫的言論，因為，在根本上，他們既錯視文化演進的形態，在表現上，欲擒百方之兔，心無以遣力，而成為淺嘗，皮相，無個性的產物。在一個文化進化論的前衛主義者來看，n之存在，也即是今日文化之存在，是具有生物的演進與淘汰；今日文化是對舊日文化經過去消的評判作用而增添啟悟的結果，故n之獲得，同時也是abc諸優點的獲得。並未如折衷主義者所攻擊的是處立於文化的偏隅或極端地位。而前衛精神之厭惡重覆，是基於生物學上一個最根本的觀念：當安定出現時，也就是進化已達到極限。此種觀念，同樣地可適用於藝術上的創造力。故重覆只是傳統維護者的手段，並非文化進化的主要動力！

對「現代」的看法

我不瞭解某一部份人的懦弱，「現代」這兩個字，以及它後面所代表的事實，竟使他們那樣難於接受。當史班德 (Stephen Spender) 以年老而急於功成的聲音寫出了「現代主義運動已趨沉寂」(The Modernist Movement is Dead) 的慨嘆時，懦弱的一群，便冒然地採取了作者個人地變節即為某種成功了的藝術，是重又失敗了的一種辯護。

我個人認為，此一闡明真正藝術創造之運動並未消失。我們該面對「現代」這兩個字所透露給我們的意義。我們該有勇氣承認這個事實：即時間及文化具有一種積續性(Duration)，「過去」並未與「現在」對立。而因累進及生長使整個「過去」包含在「現在」之內，並且繼續發生作用。這是龐德及艾略特對於現代性的看法。確切地說，即包括對過去的一種清晰的吸納，而此種吸納又包括著和現在同時並存的一種序列。在艾略特整個觀念中，永恆和片刻是密切地配置在一起。整個歐洲的文化精神，自那遼古的荷馬時代以來，一代一代地變遷，而此種變遷是積續性的，「在途中什麼也不拋棄」。我們珍視此種博大而精確的看法，進而提示做為「現代」這兩個字的最低限度的意義。而對於時期的劃分，我們不願如史學般地因某事件及某朝代的獨立，而將三十年代或四十年代以後視為「現代」。我們更細而分之，割裂成年、月或日，我們願稱一九五九年以來為「現代」，或者一九五九年二月以來為「現代」，此一意義顯示了我們的寬容和目標。即「現代」包括了兩個內涵：一、「現代」包含了「過去」，「過去」曾是「現代」——在過去的那一小片段的時間看；二、「現在」。所以對於那已被「現在」消化了的「浪漫時代」，如果我們有幸生長在那時代的話，我們也會毫不吝嗇地給它冠上「現代」。我們這樣地闡釋是為自勵及指出藝術需要追尋最後五秒鐘，當代現象在敏感的心靈上引起的影響而忠實表達之。「現代」表示因不斷追尋「現在」而呈現出來新的傾向及結果。此又引出另一意義：即三十年代現代主義運動的成果，亦像整個過去一樣地被納入我們現在的一部份，而我們宣揚那一運動的精神以至永遠。

「現代主義」本身的意義不止於一種運動的狂熱和一種同興趣同嘗試的聚集，而是揭示了自古典、浪漫、象徵以來一直隱藏和支持各運動成功的重要存在因素。無疑地，藍波 (Arthur Rimbaud) 那一句「我們必須徹底現代化」的口令，與馬拉美的「對於我們熟悉的事物，賦予一種新的看法與見解」的教訓，才是現代主義藝術本身的動力。我們在史班德的惋惜中看出，他的惋惜只在於該運動的諸將們，因年事漸高，及身受政治的、經濟的夾制，以致向社會妥協，消沉了對此運動的狂熱。而他未曾對於現代主義藝術本身的發展和可能性承認了阻困，他認為「敏感到近乎英雄精神的現代心靈與尖端化的現代環境之間的緊張狀態是現代主義的主調。」是以他驅逐了未來、抽象和超現實主義於現代主義所欲追求的目標之外。這亦顯示了「現代」的真正意義：心靈與環境之間的緊張狀態，即「現代」是「現在」的緊密關聯與相印。

我們可以斷言，真正現代主義永不會消失。它的藝術不是附麗於一種運動的時髦，而是一種藝術對時代的忠實和時代環境並進的生長。過去曾是現代，現在是現代，而未來也會是現代，當現在過去了之後。現代主義是一種最深入最忠實與最廣大的藝術的理想和實現。它承納過去的一切，消化過去於現在之中，並且盡可能地嘗試，創造，改革，實驗，足以忠實表達自己和時代之間的感受的精神方法。

無可諱言，我們重視過去，艾略特在〈傳統與個人才能〉中承認了這個事實。傳統，不是自囿於一國一時代的選擇與承認，整個歐羅巴！艾略特以野心和叡智撤除了國界、自然界的限制，而投入於那神奇、博大的文明的擁抱之中，而我們，屬於更年輕的一代，在這文明的急速的交流之中，我們吸納本國的文化實幾倍了他國的文化，我們不以吸納他國的文化以廣博自己為羞恥，傳統與過去，在地理上是東西的交融投入歷史的創始到現在之中！我們依憑並消化這整個背景，生活於現在，忠實並發揚現代主義的藝術！

抽象短論

A.

亞里士多德說：「藝術的創造源於創造的衝動與發洩感情的願望。」這雖是一句古老的話，但卻仍是藝術創造最基本的看法。

今日，我們更簡單的說：「藝術創造的起始，在於人類心裡先有了感動。」即是由於物象的壓迫聯想與回憶，引起了血液呼吸的亢奮，加速，於是人類便有了發洩的慾望。

但是人類由歸納與比較，嘗試與演繹中培養了一份知識，知識成為感動傳達的媒觸物。

B.

腦部判斷事物；心抒發事物的感受。

C. 「動於中，形於外。」形於外之處理過程的長短，造成作品的主知與抒情，也造成藝術流派的古典與浪漫。

D. 反之，古典與浪漫是藝術表現的基本分類，任何流派均無法超越此兩種範疇，正如人類的行為受限於感動與知性的判斷。

E. 所謂傳統與反傳統之爭不如說為古典與浪漫之爭，因為推究其原因，所有流派間的連續反動，只是感動與理性比率的處理關係的不同。翻開文學史來看，也只可說是這兩位兄弟在輪流當戶長而已。

F. 那麼何謂傳統，傳統只是全部人類文化活動歷史的代名詞。提倡中國傳統，似乎在強調出賣中國情調，發展中國文化觀光事業。情調是屬於作者知識問題，與藝術創造動機並無必然的關係。

G. 藝術家最主要的職責是忠實於自己的感動。何種感動寫何種詩。

H. 藝術創造最重要的是要自己「先有感動」，然後以知性判斷何種表現方法最為簡練貼切。

無感動而以知識寫詩，勢必流於虛偽，行屍走肉。

無知性判斷而純以感動寫詩，勢必流於淺薄、宣洩。

但是：

I. 在純感動與純理性之間，我們寧願選擇以感動寫詩。

因為，我們要回到前頭來，藝術創造的起始，在於人類心理先有了「感動」。

等心裡有了「感動」再寫詩！

不要純以「知識」寫詩！

南北笛書簡——致江萍

論到林泠的詩，我所用「象徵」一詞，不是象徵派所慣用的象徵，而是指其詩象徵心靈的活動，其詩與其說是畫面的描畫，倒不如說是借畫面來表現其思想和感情的變動。照王國維的話，她的詩該是理想的，造境的，而非寫實的。照更新的說法，我以為她的詩是把時間性的心靈活動，借空間性的物像塑造出來，她的詩有著時空的融和，雖然在她無數的詩中，其詩的空間型態（畫面）各自不同，我以為終究是寫心的。唯因其詩是理想的，造境的，心才能不受物象的束縛，才能超然活脫，剪裁各種物象加以縫合，而貼切的盛容其心。唯其詩不受物象的束縛，才不會像寫實詩人的詩，受物象的「象徵」深淺性的控制，而有好壞天壤的差別，故其詩常保持一定的水準，就是因其心靈修養的水準。不知您以為然否。

我以為詩人之首要在從書上從宇宙間的萬象，培養出一套人生觀，而用其有思想有感情的心來觀察物象，像陽光伸探每一個角落，光線所及，萬物鮮麗。「心」，詩人要隨時隨地的用「心」，我感嘆目前詩壇上許多詩人都丟掉了「心」，因為只有懂得用「心」的詩人，才會寫出真正的新詩，才會寫出「新意」。我讀過許多「落葉」的詩，無數古人累積的功勞總算把它寫成屬於悲傷類的象徵，如樹的眼淚，生命的死亡，青春的消失啦，它到現在已成了一股很大的力量，以致現在沒有「心」，或被這股大力量吞噬了「心」的詩人，也不期然的隨其哀吟了。因此，我嘗試了我的固執：

啊，當我已把林中的果實孕育熟黃
便毅然滿足於我的捐驅

這是源自我奮鬥的人生觀的看法，不知是否也能夠寫出落葉的生命？我以為當第一個詩人把它寫成悲哀之類的象徵，他的確是用過很大的「心」。可是後來的便沒有了。正如第一次把女人比做花的是聰明人，第二次的便是愚笨了。萬物本是無情的，可是詩人卻用自己的感情把它點石成金了。他們把落葉給予悲哀的名字，把落日給予失望的名字，以致我們後生的也叫它們悲哀或失望了。可是我固執著為什麼我們後輩的不再給它們改一改名字呢？（它們本來是沒名的）正如乳名叫膩了，何不來一個綽號？要叫另一個名字，詩人便得各自有一顆不同的「心」，要有一顆不同的心，便得各自有一套不同的人生觀。（詩人的心靈要作物象的主人，不要作物象的奴隸，才能另叫出一個新名字，否則只有叫叫老名字了。）

論詩的想像空間

詩的創作和欣賞的過程，恰成相反。創作是由內而外的，欣賞是由外而內的。創作是美的發射，欣賞是美的吸收。由觀照而浮現的境界，詩人將其表現，而欣賞者藉由表現窺探詩人的內心。創作者是將宇宙的美使成具體，而喚醒或刺激欣賞者對於相同美的記憶。這是藝術所以完成，所以不朽。

史蒂芬斯對於藝術的定義是：「由情緒的三稜鏡照射出來的自然界。」我們由此可以知道，詩實是自然界的美，濾過詩人的想像的濾器，也就是愛倫坡所說的：「居於思想和事物中間的品性——為自然界的東西和絕對人類東西的結合。」本文所要討論的乃是詩的想像空間，而非詩人的想像空間，蓋詩人的想像空間乃指詩人完成作品時，所付出的絕對個人的情緒，而詩的想像空間是指經過詩人的內心所過濾出來的世界的欣賞。

也就是側重於由外而內的深入。

一首詩是一個整體，一個獨立的創造，不外融合著詩人的人格，情操，理想和美的觀照（美的觀照包括有對自然美的選擇和對天生缺陷的不滿所生的完整之美的想像）。而欣賞者對其綜合發生企慕，企慕發生，一種欲與作者同列的潛意識便隨之而來，於是詩的想像發生，而企慕的大小乃決定詩的想像空間的大小。詩的好壞標準決定於意境的高低，而意境的高低和想像空間的大小成正比例。

當你老時，你是灰暗而愛瞌睡
對著壁爐打盹，拾起落下的書本出神
慢慢閱讀，柔和的眼光像做夢
眼光一瞬，又沉入朦朧的陰影

對溫良愉快的片刻，你有偏愛
你愛你的美用虛偽和真誠

但是一個愛靈魂的旅客在你那裡
愛上了使你容顏蒼老的憂心
你愛逃避，走向光亮的欄柵
喃喃自語，有一點兒感傷
你步上最高的山峰
把臉在星群之中隱藏

（覃子豪譯文）

這是葉芝（W. B. Yeats）的〈當你老時〉。在這首詩裡，作者所給我們的想像空間是無涯的。它引起了我們一種憐憫的情緒，讓我們感到夢的終止的悵惘，又讓我們感到對人生盡了職的安慰。書已翻到了最後的一面，但他盡到了他所有能力，不管是痛苦是快樂，他都漠不關心，他在等待寧靜的安息。尤其是最後兩句：「步上最高的山峰」，不僅是年齡，不僅是人格，還有理想。詩人給我們的企慕實在太大了。「把臉在星群之中隱藏」，那是生命的最高榮耀，我們似乎也隨同站在最高峰，一切光，都在我們四周閃耀，這是宗教最高的極致，它和我們現實離得那麼遙遠，於是我們的想像也像「前不見古人，後不見來者，念天地之悠悠，獨愴然而涕下。」那種滄海一粟的感覺。

秋夜有一絲寒冷
我走出了
而見赤色的月俯在樹籬上
像一位紅臉堂的農夫
我不說話，衹是點了頭
四週是默默的星星
有白色的臉像鎮上的孩子們

（方思譯文）

這是休姆（T. E. Hulme）的〈秋〉。他所給我們的想像空間就差得多了。我想這是做為現代詩人的一種痛苦吧：「他愛那些美的東西，高貴的東西，但他看見在他所處的卑陋，醜惡，危險的世界裡邊，沒有他立足之地。」於是我們看到詩人對美的諷刺，由嘲弄中獲取心靈上的滿足：「赤色的月俯在樹籬上／像一位紅臉堂的農夫」「四週是默默的星星／有白色的臉像鎮上的孩子們」無疑的，這種聯想是源自於詩人對現實的沉痛，雖然這比喻非常新鮮，但美的因素和象徵的程度已較稀薄。把千古以來富於詩意的月亮看成一個農夫的臉，把葉芝認為最高榮耀的星星，看成一些餓壞了的孩子們蒼白的臉，這該是多麼地嘲諷呵！然而它不能引起我們過大的企慕，除了對美的觀照的敏銳外，其詩的想像空間畢竟不大。

事物的象徵程度和陳酒一樣，是隨時間的長久而分出厚薄。象徵使事物人格化、理想化、宗教化。詩的想像空間大小，一方面固然由於詩人心靈修養的關係，一方面也由於題材的象徵性的大小而定。在未成為象徵的事物前，無論如何是排拒人格、理想和宗教化的，它是屬於知識範圍，事物是事物，並沒有留下令人想像的空間。這由上面兩首詩可感覺出來。

淵源・流變・展望

——光復後臺灣詩壇的發展與檢討

嚴格地說：臺灣新詩的萌芽應該是民國四十年後的事，在這以前，到民國三十四年的五年間，只能視為荒蕪時期。這段期間，從大陸來臺灣的詩人很少；本省詩人雖有以日文寫詩與發表，但在日文詩中無顯著地位，造詣尚差，作風不一，因而無具體的趨向與發展。

直到政府遷臺以後，全面廢止日文，所有報紙刊物以中文印刷，本省詩人因為語文的隔絕，或停筆從頭學習，或乾脆放棄，詩壇因而全部由大陸來臺詩人播種。

在播種初期，因大陸來臺詩人，均是背井離鄉，飽嚐禍亂，作品充滿離愁、思鄉、悲恨、或激昂的鬥志，自由的歌頌。像葛賢寧的《常住峰的青春》。墨人的《自由的火燄》、

《哀祖國》。張自英的《聖地》、《有一位姑娘》、《船》。紀弦的《在飛揚的時代》。鍾鼎文的《行吟者》。李莎的《帶怒的歌》。金軍的《歌北方》。鍾雷的《生命的火花》。明秋水的《駱駝詩集》、《骨髓裡的愛情》等。與集結在張道藩主持下的《文藝創作》，而出有《現代詩歌選》的上官予、涂翔宇、童華、古之紅等。他們的詩風，平易淺白，走大眾化的路線。其血緣可以上溯到「太陽社」的蔣光赤（慈）、錢杏邨、馮憲章、森堡、柯仲平，與發展下來的「中國詩歌會」的穆木天、楊騷、蒲風、柳倩、濺波、葉流、亞平、左琴琳娜……和在抗戰期間中，中國詩壇趨向的一種延續。這些詩，雖便於朗誦，明白直接，但恰因本省同胞大部份不諳於語文，且無背井離鄉的體驗背景，難予引起共鳴，因而無從發展。

與今日之詩具有聯繫關係，實在是從紀弦主編了《詩誌》，與鍾鼎文、覃子豪合編了《新詩週刊》，培養了年輕的一輩，提供了一塊專門墾植的園地，才促成了臺灣詩壇的生機。但在這段期間。詩壇並無明顯的趨向，甚至在《新詩週刊》停刊之後，紀弦再創辦了《現代詩》，覃子豪創辦了《藍星週刊》，在初期，亦只各自培養新人，提供園地而已。真正導引了臺灣詩壇的分裂，而有趨向與發展，是在民國四十二年二月，《現代詩》第十三期，紀弦倡導了現代派以後的事。今日冷靜地回顧，所謂詩壇的發展趨向，實在只是幾個詩刊中心人物的詩觀指向罷了。作為導引了今日詩壇情況的開導人物——紀弦和覃子豪，也就是說，今日詩壇轉變至此的決定性因素，實在是由於這二個開導人物有其大部相同的詩觀所促成，並且由這大部相同的詩觀所培養出來的下一代，已成為今日詩壇主要力量的詩人，更無形中穩定了走向現代的這一個趨向。

假若，做為開導人物的紀弦和覃子豪，二者在詩觀上根本南轅北轍，則今日詩壇必無一個重心，現代的觀念，必不能普遍為下一代詩人所接受，而成為今日詩壇的主流。

為了證明這二位開導人物的詩觀大部相同，我們有必要探其本源，追溯二者在來臺以前的詩的背景。

現代派之被紀弦倡導，反過來說，紀弦所以只單單倡導了現代派，是紀弦本身便是戴望舒、李金髮的「現代派」的繼承。在來臺以前，紀弦便徹頭徹尾的屬於「現代」派的一員。紀弦所倡導的「現代派」，決不是臺灣這塊園地的土產物，憑空創意，找不到血緣的關係的。紀弦本身或許不自覺，可是從歷史的眼光來看：「紀弦詩論」，實在是「望舒詩論」及「現代」這群詩人言論的翻版而已，他所刊印來臺以前的作品，也只是《現代》這詩刊所刊的類似之作，無顯著的特異。所以作為臺灣現代派開導人物的紀弦，他所開倡的構想——即他詩觀的背景——因他本身便屬於「現代」派的一員，他所開倡的「現代派」，實在只是戴望舒、李金髮的「現代」派的延續而已。歷史，必因找出了其血緣，而作如此的結論。

在臺灣新詩史中，作為與「現代派」對立的另一開創人物的覃子豪，他對立的心理背景，實在只是不服氣與爭領導權的作祟罷了。覃子豪的血緣，說起來也是一個溫和的「現代派」，他的詩觀，其基本也是屬於「現代」派的產物，而他的作品，因了個人氣質的關係，而沾有了一點「新月派的習氣」，此種氣質的不同，導致了他少部份與紀弦不同的辯護式的言論，可是這點毛蒜的差異，覃子豪用來對抗「現代派」，說起來是不夠份量，不夠相斥，不夠支持另成為一派的理由的。「現代派」所以成為臺灣詩壇的主流，完全是這二位開導人物的血緣關係，他們是表現了大地方同意，小地方爭執，臺灣詩壇是這樣地不知覺而決定性地朝向現代發展的。

可是若說：臺灣的「現代派」和戴望舒、李金髮的「現代派」完全相同是不公平的。其基本觀念雖然相承，可是在作品的質量上，無疑的，臺灣的「現代派」是有長足的發展。

為了更詳細的分析，我們有必要回到戴望舒和李金髮所提倡的「現代」，重做一番瞭解。

無疑的，當時集結在《現代》這個刊物的詩人，其重要人物：如李金髮、戴望舒、王獨清、穆木天、馮乃超、姚蓬子等諸人，其詩風，全是象徵派和意象派的產物，他們由法國的象徵派、美國的意象派學習了方法，他們的發展止於象徵派和意象派，這個趨向，不久因中國風雨局勢的關係，而為興起的「中國詩歌會」所代替，未能更進一步介紹和實驗象徵派後的新興詩派。

紀弦是背負了這個背景來臺灣播種現代的種子的，當時的紀弦，對現代的認識與介紹，也只是梵樂希 (Paul Valery)、波特萊爾 (Chares Baudelaire)、阿波里奈爾、高克多之流而已，雖然另有方思介紹了路易斯、里爾克 (R. M. Rilke)、勞倫斯，葉泥譯介了日本的岩佐東一郎，可是這些介紹，並未超越了當時的「現代」派，這或許是紀弦遲遲未打起「現代派」這個旗幟的原因。臺灣詩壇「現代派」的揭櫫，其原因是本省詩人林亨泰重新以中文寫詩的結果，林亨泰為了迎合「現代派」的風格，以從日文得來的關於現代詩的知識，發展了春山行夫等在日本詩壇的實驗，而提供了〈輪〉、〈房屋〉、〈人類身上的鈕釦〉、〈遺傳〉、〈鷺〉等一系列的作品，這些作品，表現出了不同於以往「現代派」的方法，而促使了紀弦倡導「現代派」的決心。

從〈新詩閑話〉到〈新詩餘談〉

第一部份　對〈新詩閑話〉的商榷

過去，中國文藝運動從沒有一個時代像廿世紀以後那樣激烈地變動過。自從民國六年提倡白話文廢止古文以後，好像一把刀將我們的文學史砍成了兩段，青白分明，上一代與下一代因而失去了溝通之路，在緬懷舊有的榮耀中，上一代老是抱怨老是指斥我們淺薄無知，數典忘祖。在我們這兩代之間的衝突，似乎不只是西洋的傳統與超傳統那麼單純，也包含著貴族與平民、權威與個人、東方文化和西方文化急速交流的衝激。在提倡白話文學以後，由於我們前代留傳下來的白話文學作品足以借鏡的非常之少，因此我們開始走向西方，開始走上迷失與摸索的道路，在三十多年之間，我們的文學像一個饑餓的大口，嚐盡了西洋文學的流派風味；新詩也在這種潮流之中，經歷了大戰以前西洋詩史幾次變革的滄桑；而自由中國的新詩，在由空虛到充實的十年歷史中，也曾反芻了過去中國新詩的全部經驗，和接納三十年代以後西方新興的藝術思潮。

中國新詩是不幸的，它將西洋詩悠長的全部變革的歷史，在短短的期間中重演它，因而缺少歷史的淘汰作用，無法如西洋詩由流派發生前後見出進步的痕跡；中國新詩是遭人誤解的，它將西洋詩縱的發展倒置為橫的發展，它容許了十九世紀也容許了廿世紀，它叫躺在墳墓裡的曾祖父也到我們的桌上來吃飯，那雕花的驛車在我們柏油路上和流線型的轎車競跑。以致令門外漢的言曦先生，認為象徵派以後均是一種變而不是一種進步，正如驛車和汽車也是一種外型的變而不是一種進步？

拜讀言曦先生的〈新詩閑話〉是由友人介紹的。觀其文章亦知其讀書車載，但是觀其論調，則令人懷疑是讀得太散亂，或是言曦先生的書房沒有一本二十年代以後的書？言曦先生以博學自量，以權威自居，閉門為新詩立法，揮筆而準於四海，未經創作的品味，沒懷求瞭解的謙虛，而徒發無知之「興嘆」！

言曦先生用以攻擊今日新詩最重要的理由是：新詩缺少音樂性。認為：「群眾與詩接觸的程度，視其音樂的成份而定」。「最低的層次是『可讀』，再上是『可誦』，最上一層是『可歌』。可讀意指差能瑯瑯上口，無所蹇礙，誦則是自由創作的聲調諷詠呻吟，是一種『高度的讀』，可歌則必譜之於曲，被以金竹管絃，詩原即起源於語言與音樂的結合，故音樂的成份愈大愈能感動更多的人。」這種腐朽的音樂至上與藝術起源論，實在是一種未瞭解詩藝真髓的膚淺之見。不錯，詩與歌曾攜手了幾千年，在文學以前，人類留下經驗感觸唯有靠語言的記憶，而語言的記憶未如簡單的歌謠來得深刻持久，這是詩歌同源的環境上的必然結果。直到發明了文字以後，人類傳達經驗仍以語言的傳遞，較刻簡為書、帛筆抄繕為易，這是音樂性統制詩論的社會影響因素。這種詩歌同源的觀念延持到印刷術發達的近幾十年；文字的傳遞功能大大超過了言語的功能，詩不必借歌的傳遞而可以單獨存在的觀點遂見抬頭。言曦先生顯然忽略人類文化生長的考察，而只片斷地接受古人詩論的知識：「詩不能離開音樂性，離開音樂性便不足言詩」。同源並不等於同道，發源於史詩神話的小說與戲劇，我們已不復求其表現史詩神話的特質，而在原始單純的社會裡，一個詩人的言論往往被視為智慧與全能的象徵，詩人懂得政治懂得軍事懂得藝術，祭式……而在今日各部門的學問分道發展到相當深博的階段裡，要求詩人重做一個全知已是不可能，故詩離歌而獨立，是這分工細密的社會的一種現象。言曦先生所謂「歌與誦」，言下之意，似乎把「詩」附庸於「歌」，認為最理想的詩是可歌的，但是以我讀詩的經驗，中外並沒有一首詩的本身便可以歌的，詩人無法將文字強調成音符，如果需要「譜之於曲，被以金竹管絃」，那麼我相信為言曦先生所詬病的目前的新詩，有許多作品是可以毫無困難的被譜之以曲。以拙作便有好幾首自由詩被譜曲而演唱過。李白之〈清平調〉乃需假李龜年的創作而唱，可見以韻文出之的詩，其音樂性比之「歌」仍然相去甚遠。文字成為音符只是一種不可達到的理想，如詩仍需假音樂家的協助而成為可歌的，今日，新詩亦可達到。退而求其次，如果言曦先生對於「誦」的要求是「以自由創作的聲調諷詠呻吟」，那麼，我相信目前的許多新詩不僅可以「讀」，並且可以「誦」。只是朗誦之法視各詩而定，未如舊詩千篇一律的吟誦調法。格律詩唯一值得留戀的似乎是固定調法便於吟誦，但這固定調法在音樂藝術上沒有甚麼存在的價值，縱或我們承認唐詩宋詞都是可唱的，但是同詞牌同格律便是同樣調法，而不視內容如何，喪葬，拜壽，婚祝都是請和尚來唸經，豈不太麻木不仁，荒唐可笑？格律只是在印刷術發達之前，言語的傳遞功能超過文字的傳遞功能的無可奈何的產物！格律的功用在於傳遞，昔日詩人在傳遞工具貧乏的環境下，只得作了音樂的尾巴，而今日，當印刷術發達得可以取代音樂的傳遞，詩排斥歌而獨立，是一種極珍貴的解脫！

如果放棄格律便如濃髮偉丈夫被揭開了假髮，則格律便成為偽詩的掩護者，詩需戴格律的假髮而後成為偉丈夫，顯然大大地傷害了詩本身的尊嚴。固定格律之放棄——我們認為詩本身以其內容便可以成為偉丈夫，而不需格律的假髮。也許放棄的假髮，將使偽詩和劣詩無所遁形，但我們並無半點惋惜之情，我們視驅逐偽詩和劣詩為當然，如果偽詩劣詩假格律的掩飾而能入詩的行列，則我們更痛憎這假髮。

由另一方面看，在從韻文解放出來的散文時代的今天，依詩人表達的文字工具來考察，要求詩人以散文來表現音樂性也是矛盾的要求。過去中國新詩從事這方面探求的成就是微乎其微的，劉大白的詩成為可笑的改良詞，新月派徒然在工整和押韻上玩玩騙人的玩意兒，若論格律音樂性方面的成就，其與舊詩和西洋格律詩仍無法相比。因此我們必得考慮，如果我們承認音樂至上的話，我們最好還是回復到韻文時代去，回復到文言時代裡去。如果我們仍然以散文以白話為表達的工具時，我們勢必放棄完全致力於格律的追求，轉而從事於意象方面的探索。這是新詩人的自覺與自知之明，自然不同於言曦先生閉門翻書的朽論。

言曦先生同時也提倡「文化沙漠論」，他說：「造前人未造之境，發前人未發之情，愈在後世，則收穫的機會愈少」。那麼依其言論，我們如果跟著古人屁股，造前人所造之境，發前人所發之情，是否此種投機行動必然有很大的收穫？但是他又緊接著很聰明很殘酷的來一句：「猶如殿後的獵人，珍禽異獸已經為入山的先驅者網羅殆盡，雖奔馳竟日而無所得。」即明知珍禽異獸已經為入山的先驅者網羅殆盡，而又不許我們另山狩獵，進退維谷，此文化沙漠之所以形成也。言曦先生是一個定義的崇拜者，注重語言而不重事實，恪守文法，死抱定律，以之丈量藝術，不准跨越一步，這正是缺少創作經驗空談理論者的通病。殊不知語言先於文字，文字先於字典，文章先於文法是文化生長現象，而今他將本末倒置，不准有悖於已有文法的句子，不准有超於已有字典的新字，不准有現存文字所不能表達的言語，也是相同於前面提倡文化沙漠的觀念。

從中國詩歌的形態學來考察：自由精神的逐漸抬頭也是顯而可見的，古詩敝而有律絕，律絕敝而有詞，詞敝而有曲，由句法結構形態的自由上看，曲豐於詞，詞豐於律。今日新詩的多彩，亦可視為上承元曲的推廣，不獨為西方自由詩的移植使然。

今日之新詩，文句容或有悖於日常文法，是因作者新鮮的意象及感覺，扭曲而變動了固有句法，並非以悖文法為能事，同樣的道理，今日新詩在形式上的自由，是因作者超於往昔的白熱而豐富的想像所使然，並非純以放縱為快意。準此而觀，詞之為句，悖於律詩者至多，曲之為句，悖於律詩者更多，此為自然之變，「蓋文體通行既久，染指遂多，自成習套，豪傑之士，亦難於其中自出新意，故遁而作他體，以自解脫。一切文體所以始盛終衰者，皆由於此，故謂文學後不如前，余未信，但就一體論，則此說固無以易也」，這是王靜安的話，顯然他的意思也是贊成他山而獵的前進論了。

順便一提的是：言曦先生在〈隔與露〉中，完全曲解了王靜安的意思，他說：「中國人做詩的傳統，在於因事比興，託物諷詠，而無取乎坦露酣暢，所謂『樂而不淫哀而不傷』，亦即是王靜安所謂『隔』與『不隔』的問題」。舊詩講究「溫柔敦厚」，是指詩人胸懷修養而言，感情之抒露宜以含蓄，不可過激成粗言賤語，失君子之忠厚，王靜安的「隔」與「不隔」是指技巧上而言，寫情寫景以「不隔」為上乘，此與言曦先生所言的：「需要與讀者保持相當的距離」，不相干而且矛盾。

言曦先生對於法國象徵派也有很大的誤解，認為「象徵派的詩論凡是詩，都是不應該『歌』的，乃得以盡情矯造，無需顧慮詩句組織時的音樂成份。」相反的，象徵派是在詩論上正式提出注重音樂性的詩派，波特萊爾寫的詩大部份都是格律詩，藍波以及當時一群象徵詩人所寫的作品，在韻律上莫不相當嚴謹工整，有勞言曦先生翻閱一下，當發現莫不俯拾即是，甚至保羅・魏爾崙還認為，「最純的詩是一片音樂。」詩歌分家在象徵派中雖見苗端，但認真說起來實在風馬牛不相及，那是在現代主義昌盛以後的事。言曦先生大可以糾正誣象徵派不注重音樂性，而今日新詩更非象徵派的餘波。

言曦先生把浪漫主義以後所有藝術思潮都稱為象徵主義，而謂之「狂飆」，顯見未讀書已久矣。事實上浪漫主義抬頭之初，何嘗不被古典派視為毒蛇猛獸？今日，象徵主義那一點令人激動的情緒已成為歷史陳跡，現代主義亦以「狂飆」的姿態出現過而又逐漸衰微。目前，存在主義的氣氛留存在世界藝壇上更濃厚。如果誠如言曦先生籠統地稱現代的藝術為象徵主義的產物，則何以厚音樂繪畫而薄詩？對於現代繪畫與音樂，還可以只看「一片和諧的色彩」、「一段紛雜的樂章」，雖然全不解意，卻無害其與受者相感應」，言曦先生藝術修養高明如此，以此看畫以此聽音樂，真令人驚奇其厚顏好談藝術了。

對於現代藝術的所謂難懂，固然有由於作者表現的內容過於深奧，太富技巧性，但在中國所謂難懂，大部份基於藝術知識過份缺乏所致。不肯充實自己而病人家太過艱深，以自己高高在上，令人家俯就自己，正相同於清末閉關自守的顢頇。世界藝術思潮普遍進步至此，不急起直追，而作無知之喧囂，難怪被外國人士譏之為文化沙漠了。

主要的結論：

一、詩歌結合是因人類語言超於文字傳遞功能的產物。

二、從韻文時代中解放出來的散文時代是基於印刷術發達的結果，是人類文化更進一步昌盛的先兆。

三、詩離歌而獨立，在藝術上說，是詩藝術極珍貴的解脫，在傳遞功能上來看，可由印刷術取代音樂。

第二部份　對〈新詩餘談〉的駁斥

太上，下知有之，其次，親而譽之，其次畏之，其次侮之

二元價值觀點對於思想之為害，使人陷於非黑即白的固愚與專斷，縱觀言曦先生〈新詩餘談〉一文，仍承〈新詩閑話〉餘緒將所有事物歸類為兩元：非辨即辯；非悟即誤；非進即退；非愛即恨；此種缺少邏輯與語意的訓練，造成言曦先生文理的大混亂，用語的曖昧，論斷的偏頗。個人所誠懇奉告言曦先生者：即先生治學理的不當，第一個難關在於思考方法缺少訓練，次而在於思考內容的貧乏。固然積思以富，理辯而明，但爭辯之前，首先需明推理之法，清晰文辭，方不致造成遠離內容而徒在文字上做無意義的纏訟。正如個人也相信日常生活的辯論以及文學哲學上之歧爭，大半只是語意上的爭辯。個人覺得言曦先生論點的錯誤，最重要的是犯了思考方法的錯誤，所以我首先要清除言曦先生用語的曖昧對於「辨」論的掩障。

一、關於「象徵主義」與「象徵主義的家族」兩詞的差別，我想這種辨別能力該是

連小學生都具有的。言曦先生在〈閑話〉把象徵主義以後的流派通稱之為「象徵主義」，因受攻擊而在〈餘談〉改稱「象徵主義的家族」，顯是強辯，如果其所謂的是一種明其源的說法時，則我們恐怕要稱「言曦先生」為「言曦先生的家族」，或「言曦先生的家族」為「言曦先生」了。如果抬高抽象階層，照言曦先生的論點，僅因「所追求使人讀不懂的奇詭之美，則與象徵主義脈絡相承」，便把象徵以後的流派稱之為象徵派，還不如一個無詩史知識的人乾脆把「各種主義的詩」通稱之為「詩」，所謂專家即在於體大思精，徵詳密實。能分辨表現主義，立體主義，達達主義，抽象主義，超現實主義，絕對主義，未來主義等等現代藝術思潮的差異之處，方足以批評現代藝術。否則以一概全，徒然以造境，協律，琢句來評詩，準之於舊詩，恐亦被譏為「簡陋的空架」，被譏為門外語了。

二、言曦先生下筆非常隨便，且易反悔，例如在〈閑話〉說：「十九世紀以後廢止腳韻」，被余光中先生引史而駁，在〈餘談〉中強辯為「十九世紀後不用腳韻始成一種趨勢」，這兩句話語意上的差異是顯而易見的，若是本意如後者，何以在〈閑話〉不就如此說呢？另如：「莎士比亞，歌德，杜甫，蘇軾等，他們沒有一句是遠離文法的常軌」，在〈餘談〉中，又以紹興師爺的技倆在「遠」字上加一個強調的括符，即或我們退而承認其修正的意思，則我們便問所謂遠離文法常軌這個「遠」字的程度，杜甫的：「永夜角聲悲自語，中天月色好誰看」，「香稻啄餘鸚鵡粒，碧梧棲老鳳凰枝」可以視為不「遠」離文法，那麼為什麼不能容忍：

我們的歌，是仰首的白玫，用晨雲金的瓶水供養。

這類句子呢？它們並不惡劣得如「一之談餘詩新」那麼「遠」離文法，我們倒覺得它比杜甫那後兩句暢曉！就是蘇雪林先生在《自由青年》上所詬病的詩例，也不見得離日常文法到那裡去，新詩難懂是因題材美醜相雜，不合於舊詩「詩意的」味口，而非完全不合文法的關係，以無文法病新詩，是一種「表錯情」的看法。

三、自由詩並不否認音樂性有助於詩的表現，但是自由詩所要求的是先造境而後協律，琢句（借言曦先生論詩三語），並不如格律詩，先協律琢句而後造境。從感觸到表現的創作過程來看，格律詩在將意象移植到紙上的第一關將是協律，必然的常令作者就固定形式而傷害其內容，自由詩只在糾正其病而已，詩靠格律以傳播是人類印刷術未發達時的手段，今日印刷術傳遞功能比音樂的傳遞功能為大，則我們以印刷代音樂負起傳遞責任，棄固定的格律而著重形象的表達，何嘗不是理有所據的看法？言曦先生在〈閑話〉一文中斥今日新詩不可吟朗致成為幽奧險峭，語意上犯著二元觀點，意存「無格律非詩」，而今日為新詩辯護的：只在於表明無格律亦可以成詩的觀點，倒無意於「格律非詩」的執二元的一端。

四、言曦先生對於詩例的比較存著偏頗的態度，以李白四行詩和白萩〈羅盤〉一詩頭一行相較意境深淺，其心懷不公與斷章取義之處甚明，「麻姑垂兩鬢」有何意境可言？即連三句：「麻姑垂兩鬢，一半已成霜，天公見玉女」，所表現到底有何高明之處請見告！如沒有「大笑億千場」這一句豪邁如江海倒汐作壓鎮，簡直一點詩味俱無！就如其所讚賞的杜甫〈聞官軍收河南河北〉一詩：頭兩句「劍外忽傳收薊北，初聞涕淚滿衣裳」又有何意境可言？我們若未逐句而下，層層而入，至結束而滿懷辛酸激慨之情，實在不配稱為讀詩，那麼言曦先生只讀〈羅盤〉一詩的頭一句便驟下斷語，其態度如此復有可談嗎？雪萊〈西風歌〉的所謂佳句：「敗葉被你吹，好像群鬼在詛咒之前逃退」，以此種程度覓句於今日新詩可說俯拾即是，以〈羅盤〉一詩的句子：

風暴的魔手自前面的海中伸起
黑夜的殞石自頂上壓下
喝醉的怒濤在舷邊暴笑

又如敻虹的〈黑色之聯想〉中的：

黃昏，是哭後的眼睛
望著我，以全燃的感情

又如夏菁〈時間三章〉中的「零時」：

古老的十二扇銅門已關上
新的一扇尚未開；
我們被隔於時間的走廊，

竊聽在世界的牆外。

比之於雪萊的佳句皆毫不遜色。此種形象的捕捉已成為今日詩人普遍的技巧，比喻在一個熟練的作者只是簡單的事物代換公式，無珍羞自祕可言，而今日新詩對形象的技巧，比「直喻」更超一步的是以「隱喻」，以「戲劇」來增添效果。

至於：我們的歌，是仰首的白玫
用晨雲金的瓶水供養。

這兩句也是很容易瞭解的，「仰首的白玫用晨雲金的瓶水供養」是描寫「我們的歌」的感覺；正如「恰是一江春水向東流」是在描寫「問君能有幾多愁」的「愁」。白玫瑰在朝陽中欣欣之狀，沐浴於金光中，好像晨雲在用金的瓶水澆灌似的。

同樣的：「而你的頭髮實在太濃，太短」，「太豈有此理的了」，「我以為那裡祇有淡淡的單純」，也在表達理還亂的憎厭的情緒，從整首詩來看更可以瞭然於指掌，「淡與濃」在象徵「天真與世故」，作者觀念中的一個女孩子的天真的，但事實所表現的是那女孩子超乎他想像的世故，故他埋怨說：

那短短的黑髮，覆於淡淡的臉上，是過於濃的。

至於向明的「遂慢慢地凋落了」，是一種「突起法」和「倒敘法」，即在舊詩詞中亦有此種寫法，如張惠言的〈木蘭花慢〉一詞中開頭還不是很相同的一句：「儘飄零盡了」尤其在電影中此種「倒敘法」更多，我們倒覺得沒有什麼荒誕可感，無疑的這仍是二元價值的觀點在作祟，超乎個人讀詩經驗的詩便斥為荒唐，以個人為權威，非白即黑，抹殺了黑白之外的許多豐富美麗的色彩！

五、其他在言曦先生的大文中，充斥著此種二元價值觀點非常多，如果未撤除此種觀念，所謂爭辯即將成為意氣與名詞之爭，現簡單例舉如下：

1. 把今日新詩歸入象徵派，而菲薄今日新詩，推崇新月派，有意造成二元局面，因此我祈望更多的分類。

2. 「平易為上，艱奧為下」或「平易為下，艱奧為上」，「求藝術完美便與時代脈搏無關」，都是二元歸納，其不足採甚明：「大眾化」並不等於「與時代脈搏有關」，「有關於時代脈搏」的並不等於「大眾化」，只著重於「時代脈搏」中「量」的看法，那麼從「質」

方面的看法，「有關時代脈搏」的也可以是「艱深」的。同樣的道理，以平易艱深判創作的優劣，也只是表面的看法，平易艱深與優劣之間並沒有絕對的關聯，平易可以是好的作品，也可能是壞的作品，艱深可以是好的作品，也可能是壞的作品，況且懂與難懂也只是相對的程度，你懂他人未必懂，你不懂他人也未必不懂。

3. 作品遭受攻擊，並不等於是偉大傑作的一定現象，也並不等於都是阿貓阿狗的作品。

「對詩的評價，只有深淺高下之別，而無礙於前後新舊」，這是一個欣賞者的基本心理準備，同樣地一個作者在創作時對於流派是不關心的，他唯一關心的只是「如何好」「如何更好」的問題。作者在創作方法上的轉變是基於比較何者為優的結果，沒有一個作者願怠懶退化而成下流，今日，所有的詩人普遍運用現代主義方法寫詩，恐怕不是整個詩壇的集體下流，恐怕不是全世界藝術工作者的集體下流吧？今日詩人寧棄浪漫而取象徵，寧棄象徵而取意象，寧棄意象而取現代，是基於創作生活中長久品味比較的結果，倒不是個個都充時髦玩流行的。

五四時代在大眾化的大前提之下，將藝術的質味弄得蕩然無存，今日詩人之重質，是針對五四時的弊端而力求補救，也是大眾藝術化發展的過程。固然《詩經》與漢魏樂府是平民文化的產物，但五百多年而有詩三百零五篇，平均近二年才選一首詩，況其中只有「風」才能稱為獨立文學的作品，如若比之新詩四十九年歷史，則見出今日對新詩的要求未免太苛了。樂府固佳，但我們別忘了唐朝士族的詩寫下中國詩史輝煌的一頁！大眾化固然重要，但在藝術本身的觀點上，藝術化是超於大眾化的，今日新詩因難懂而被否認掉了藝術的成就，沒有比這更刺傷詩人的心，也是造成此次論爭的主要原因，今日新詩固不可能以難懂而藐視讀者們，讀者們亦無權要求詩人丟棄藝術化來遷就自己。我們只能歸諸於批評與理論介紹的工作做得不夠，以致造成作者與讀者間的脫節。在日本，一個中學生瞭解象徵派的詩是普通的現象，而我們竟然將象徵派的詩視為不可解而大加非難，實在令人感嘆！對於各門學問的批評介紹，我們從來都很貧乏，不獨新詩為然，平心而論，今日新詩的成就是超乎新月派，創造社，和李金髮等的象徵派，我們希望批評和理論工作，能指出何者為優的理由，能指出詩人追求的方向，而溝通目前創作和欣賞間的障礙。

《蛾之死》後記

一

在我從四百多首習作中選輯了這些詩時，我幾次底遭遇到評選與編排上的困惑：

一、做為忠實於現代生活中的自我感受，並盡可能的嘗試、改革、實驗、以及鍛鍊以往諸種技巧，用以完全表達此種感受的一個藝術工作者。已存在的美與他創造美時的理念是一種抵觸，他勢必欲打破此種傷殘創造精神的已存在而又近於典型的完美所規範下的束縛，凡有真正創作經驗與野心的人，必能與我同感。已存在的美，對於尚未出現的美是一種絕大的壓力與考驗，如果，不能超越與打破此種束縛，則新的美將無以出現。基於此種精神，此類藝術工作者的意識中，必然以最後一篇或尚孕育於腦中的一篇為自身藝術的最完美的表現，若此，則選輯自認為滿意而又有足夠成集的作品是件不可能的事。

二、以此種精神自勵於自身的作品上，或用以吸納，評判他人所創造的美而反縮於自身的再創造時，過去、所謂典型，均是他時時刻刻列為推翻和超越的對象，而其技巧和作品的面目自因時間的演進而形成了無法統一的繽紛。這對於企圖讓讀者瞭解自己的慾望和編排上的便利也是一件困難的事。

事實上，此種憂慮，非始自今日，遠在幾年以前，我便刻意地在理論與實際上從事於此種觀念的實驗。如果，我能從自身的努力上獲取此種刻刻求新的效果，那麼，我願說：這也是五六年來詩壇上刻刻求新的進展。

由於我逐漸體認有關詩的各種問題，從不斷地實驗中，獲益了詩創作的方向，我發覺，從作品的蛻變來回顧它的趨向：我不只是個人執守著此種精神在實驗，也正是如何維持詩地位的主要原因。在此，我不得不下一個假定：如果美是固定的，也就是說，可以為某人的天才與學識所達到的邊緣，那麼，詩便像如何調製三明治那樣地，可以用某些成了定律的固定規式、韻律所可達到極致，藝術在那幾個大天才的手中，被製定條律，劃分價值的坐標，用以判斷後來者的功力。以此推論，有但丁之後便不應有歌德；有《神曲》之後便不應有《浮士德》。因美的範圍早已被上代規範。顯然的此種假定恰與事實背道而馳。基於此，藝術之內無權威與典型，也基於此，對於那些時時刻刻在實驗，在改革的藝術工作者，我們應予以容忍。從另一方面來說，美既時時在被發掘與創造中，美的觀念也因時而異。人類文化的轉變是附麗於人類生活方式與生活感受的轉移。此種方式與感受已先存在於文化學識表現的轉變。我們可以把此種事實縮小到藝術或詩的見解上，如果，一個藝術工作者忠實於當代當時的生活感受的話，那麼必然的，他的藝術將被視為走在時代的前端，而事實上，文化學識的覺醒往往慢了已存在的方式與感受有一段相當的時間。是故，對於那些所謂超現實的所謂現代的，我們將不感到驚奇，那是一段忠實於當代生活感受的表現，而文化藝術的進展，正有賴於這些被誤會被咀咒的忠實者的忠實的實驗，他們將提供一些尚未被「過去」發覺的美與見解，去搖醒文化學識的遲滯而要它們接納和充實！

二

由上面觀念的延展，我們可以瞭解近代藝術何以逐漸走向技巧至上。我們可以假定：

如果一個藝術工作者是忠實於人生和生活，那麼在情理上，他當不會提倡為人生而藝術。他所需要的是那些技巧，已存在的或有待於實驗的，他需要準確的毫無阻隔的表現他對人生的認識與生活的感受。反之，那些提倡為人生而藝術的，在他面具後的本質，正是那些玩弄技巧，對人生與生活抱著膚淺的看法而正在懺悔。

這對於個人藝術觀念的轉移亦然。

對於時代藝術觀念的轉移亦然。

二十世紀以來，被迫的，以往將沒有一代比我們接受更多的知識，嘗試更多的經驗。戰爭、災難、科學，無不時時在加深我們對生活的體驗。在本質上，此時代比任何時代更是人性的更是富於生活感的。所以此時代也更急切地需要多方面技巧的實驗，用以承納這龐雜的感受。

從古典、浪漫、高蹈、象徵、意象而至現代，莫不因承納過去加進現在而逐漸累積下來。當人類對世界、生活的認識一代一代的加深，方法論自然也因需要而一代一代地豐廣。我這樣的假定，並不只單純的說明或鼓勵此現代藝術是技巧時代，而是此技巧時代正是這最富於人生意味的現代的表現。我個人也不甘在此界限從事自囿的學習。事實上，所謂技巧實有雙重的意義，即可視的與不可視的，可視的包括那些手法、文字、語氣和格式。不可視的包括如何觀照，如何捕捉和捨棄意象，如何加深感受，進而為謀好詩，在知識上盡可能的增進有助於詩的知識，在內心上如何靜濾至一切至微的感受均能準確的捕捉無餘。然而，敏感的讀者將認為我似乎把技巧提升至包括了內容。我將不予否認。過去詩的教養與經驗，使我們對於一首好詩起碼的質素已有深刻的認識，而我們的論說是從這相當懂得詩的階段談起。我將不懂得當羅丹與一個三流的雕刻家在著手雕刻「巴爾扎克」時，對於題材的選擇，對於所謂「對象」的認識有何差別。如果羅丹不是一個技巧足以表達他心靈的激動，那麼我們不知道，他的「巴爾扎克」與那三流的雕刻家相差有多少。藝術所以能偉大的呈顯在我們眼裡正是由於技巧的偉大。每一線條的準確，每一片筋與肉的生氣盎然，是技巧的熟練表現了所應表現的，累積成為藝術上的驚奇。所以一個藝術家的表現，如何表現，如何有助於如何的表現，均應被視為藝術家個人技巧上的修養。不應當被淆混為外在事物，而只留下了表現的外表。Gerard Manley Hopkins 說：「有些人由於某種力量，在他們當時造成一種很大的影響，這種力量在當時是創造的，新穎的，有刺激性的，但等到那刺激性消逝後，他們的名聲也就衰微了。因為那支持它的不是由於一種處理的手法——這也是與那種力量相等的一種成就。除去最好的處理手法之外，是無法支持長久的。」是的，除去最好的處理手法之外是無法可以支持長久的。這顯示了一部份人對於近代藝術的誤解，認為近代藝術是技巧的玩弄。高度技巧的運用，實驗與控制，正是一種新創美出現的序曲。欣賞者將被迫的放棄以往那幾樣瞭解一般詩的教條——可以由幾種固定的格律，幾種語氣的方式——做為所有詩的開門之匙。此種滯惰將被刺激進而擴展他們對美的視野和教養——詩非那麼便宜得可以由幾種固定的格律，幾種被熟悉的語氣所容納，而事實上除去部份不成熟以外，那只是離被他們接納和充實尚有一段遲滯的距離而已。里爾克說得好：

「因為他們都是一種新的，生疏的事物侵入我們生命的時刻，我們的感情蜷伏於怯懦的局促的狀態裡，一切都退卻，形成一種寂靜，於是這無人認識的『新』就立在中間，沉默無語。」

三

所謂自由語的自由詩，在此觀念中亦當被予容納。我們的承諾首先得表現一種立場

——自由詩或則自由語的自由詩的運用與成功，當在對於詩有相當修養以後。如果某種技巧的成功與失敗比諸某種技巧的成功與失敗為烈，那麼我們當無理由反對為藝術的進展上付出更多的犧牲，這是改革運動期間所必付出的代價。「自由」所意味的是指對於某種舊有的規律具有評判和理解能力，而後推廣至能夠適應程度的新規律。即反對有權威傾向的固定規律來解決一切，而要求個體自我能有解決自己的方式。它們的珍惜表現在那一點大同小異的「小異」上。無論言語的，形式的，手法的，它們要求因個體而變，用以表現新的美。所以蘇軾的文說云：「行當於所當行，止於所不可不止。」也當被意味為自由詩理念的先聲。

自由語的自由詩，不止消極的止於破壞語言和形式。積極的，它需能理解和評判舊有的語言和形式，在理解和評判之後自由的去改革，實驗語言和形式。自由語的自由詩的所謂「自由」，應不被用來解釋為無語言無形式的這一點誤解上，而應被視為新的語言，新的形式的不斷的推展。不役隸於固定的規格正是當代美學的特色。任何優美的自由詩均有所謂形式所謂音律。而向一個藝術工作者要求固定的規格是輕而易舉的事，如果他願意犧牲部份他對藝術的獨創的話，他可以就他作品中的任何一首詩的形式格律，重覆的使用於第二次或第三次以至無窮次的作品上。在個人他可以造就讓欣賞者持著一支鑰匙，就可以很容易的打開他全部作品的理解之門。在社會上甚至可以因驚於他的名氣，競相模仿而造成一種風尚，然而就藝術本身的創造來說，這卻是一件很不幸的事。當美第一次被創造時，他是充盈並且生氣勃勃。在那件藝術品上自滿自足。而當他被借用於第二次而至於無窮次，那麼此種美便逐漸衰敗而至不能引起任何感動。「自由」被運用在詩，不僅只在解決形式美的「效用漸減」的悲劇，也在於提示，鼓勵新美的嘗試和建設。尤其是：自由語的自由詩是進一步的從字句做起。它企圖在作者高度靈活的運用中達到最準確的表達。

《莊子．達生》篇中：

顏淵問仲尼曰：「吾嘗濟乎觴深之淵，津人操舟若神，吾問焉，曰：『操舟可學邪？』曰：『可。善游者數能；若乃夫沒人，則未嘗見舟而便操之也。』吾問焉而不告吾。敢問何謂也？」仲尼曰：「善游者數能，忘水也；若乃夫沒人之未嘗見舟而便操之也，彼視淵若陵，視舟之覆，猶其車卻也。……」

又說：

仲尼適楚，出於林中，見佝僂者承蜩，猶掇之也。仲尼曰：「子巧乎？有道邪？」曰：「我有道也：五六月，累丸二而不墜，則失者錙銖；累三不而墜，則失者十一；累五而不墜，猶掇之也。吾處身也，若厥株枸，吾執臂也，若槁木之枝。雖天地之大，萬物之多，而唯蜩翼之知。吾不反不側，不以萬物易蜩之翼，何為而不得？」孔子顧謂弟子曰：「用志不分，乃凝於神，其佝僂丈人之謂乎！」

又說：

梓慶削木為鐻，鐻成，見者驚猶鬼神。魯侯見而問焉，曰：「子何術以為焉？」對曰：「臣工人，何術之有？雖然，有一焉：臣將為鐻，未嘗敢以耗氣也，必齋以靜心。齋三日而不敢懷慶賞爵祿，齋五日不敢懷非譽巧拙，齋七日輒然忘吾有四肢形體也。當是時也，無公朝，其巧專而外骨消；然後入山林，觀天性，形軀至矣，然後成見鐻，然後加手焉。不然，則已。則以天合天，器之所以疑神者其是歟！」

上面三個故事正可以用來支持我們的理論。一個未曾浸溺於豐富的傳統，便無由以獨創個人，一個對舊格律沒具有評判和理解能力的人將無法創造出新的秩序。故我們首先便表示了自由語的自由詩，其運用與成功，當在對詩有相當修養以後。「善游者數能，若乃夫沒人，則未嘗見舟而便操之也。」蘇軾的〈日喻〉亦說：「南方多沒人，日與水居，七歲而能涉，十歲而能浮，十五而能沒矣。夫沒者豈苟然哉？必將有得於水之道者。日與水居，則十五而得其道；生不識水，則雖壯見舟而畏之。」是以：「魚相忘乎江湖，人相忘乎道術」。桓譚《新論》亦云：「楊子雲工於賦，……余欲從……學，子雲曰：『能讀千賦則善賦。』」

「真積力久」為自由語的自由詩的運用的先決條件。生於江湖，長於江湖，並且「忘乎江湖」，自然習於水，善於水了；同樣地人若生於道，長於道，並且「忘乎道」，自然習於道，善於道了。藝術亦如此。自由的發軔，正表示了，生於斯，長於斯，而後開始「忘乎斯」。如若未經生於斯長於斯的接受傳統，便無以品味〈天道〉篇輪扁所云的：「斲輪，徐則甘而不固，疾則苦而不入；不徐不疾，得之於手而應之於心，口不能言，有數存焉於其間。」的所謂：「得之於手而應之於心，口不能言，有數存焉於其間」了。

從「忘乎斯」開始，便是一片美的新境地展開在追求者的視野。當舊有的規律被破壞而重建新的秩序時，便有待於「用志不分」的創作態度。梵樂希說：「我靜觀判然的火在我的心中燃燒著」，和「雖天地之大，萬物之多，而唯蜩翼之知。吾不反不側，不以萬物易蜩之翼，何為而不得？」同樣是屬於一流藝術家在創造時的心理狀態。藝術寓於自然，形式寓於內容。當內容尚未成立，便不應有固定的形式在等待它的降生。當我們在創造一件新的藝術品，便應「巧專而外骨消」，「輒然忘吾有四肢形體也」。即需忘卻那已存在的美，那傳統的束縛，而入「忘乎斯」的自由狀態。然後「觀天性，形軀至矣，然後成見鐻，然後加手焉。」這便是所謂：「工倕旋而蓋規矩，指與物化，而不以心稽。」

自由語的自由詩便在此種創作觀中被容納與表現！自由詩形式的多樣性正是指與物化不以心稽的自然的結果。而自由語的自由詩是自由詩的推廣。它不僅在形式上要創造個人，並且在語言上創造個人，企圖在全面的自由中，真確的表達「觀天性」，然後形軀至矣。

懂得傳統，然後破壞，其重建當乃會合於秩序。此點實無爭辯的餘地。里爾克在論及羅丹的藝術說：

「……雕刻這件東西，與往昔的城池相彷彿，它們完全生活在它們的城圍裡，居民不因此而屏息窒氣，生命的姿態亦不因此而局促不展。不過什麼都不越過城牆的界限，什麼都不在門外露面，而且對城外無絲毫的期待。一座雕像的動作無論如何大，無論它是萬里長空還是無底的深淵，它必定要在雕像的身上歸束，正如一個圈兒，必定要自己連鎖起來——一件藝術品在裡面度日的那幽寂的圈兒。這是：在前代雕刻存在著的一條無形的規律。羅丹認識它的存在，一切事物的特色，就在於那對它們自身的完全收斂，所以一件雕刻品是這般寧靜；它不應該向外面要求或希冀什麼，它要與外面的事物完全不生關聯，而且單看見它自身內一切的東西。它的環境就包含在他的自身裡，而賜給『摩娜里沙』這空靈的姿態，這內傾的節奏，這使人不可逼視的明眸，就是那雕刻家的達文西。無疑的，他的『士科查』曾是這樣，一種彷彿是一個堂皇的公使，使命完了，回到他的國都去一樣的姿態，使他生氣勃然。」

這不僅僅只用於雕刻上，而應擴大至所有藝術的創造。「一件藝術品在裡面度日的那

『幽寂的圈兒』。」——「無論動作如何大，無論是萬里長空還是無底的深淵，它必定要在雕像的身上歸束」。這就是那應用於藝術上的自由，在那行程的邊緣要懂得回頭，而完成該詩的一個新的秩序——「正如一個圈兒，必定要自己連鎖起來」。

四

這些詩，這樣地混雜，像一個好奇的小孩，在他喜愛的天地裡，一隻狗、一朵藍色的時鐘花、一葉聖誕紅、甚至是一尊泥佛，在這不同的面目裡——該也是我創作時的恐慌——我唯一祈求的是它們能各自忠實於自己的生命。雖然這只是我的一片段，或只是我追求方向的一小點。別人對於我的愛也罷，憎也罷，我只虔誠的願擔當，未來新詩宏偉的聖殿下的一塊小雲石而已。

並且我願把此書獻給已逝世七年的母親，以及心中那一股永不死的愛情。以及一些友人們的贊助和鼓勵。最後張秀亞先生的賜序及替我翻譯了五六個英法書名，使我選用了書中的一個英文譯名，以及覃子豪先生和柴棲鷺兒在本書印刷上的指導和幫忙均在此併謝。

白萩　一九五八、十二月、於西窗樓

基奠的本人

一

艾略特的「觸媒作用」，並沒有為自己的創作提供了圓滿的詮釋，也沒有替他所代表的世紀初的那個集團，留下沒有破綻的辯護。做為詩的發生過程，所謂「觸媒作用」是一個很不錯的比喻說明：「心靈活動是白金絲，情緒和感覺是氧氣與二氧化硫，觸媒而成硫酸，即詩」。但艾略特用來強調個性的泯除，情緒的逃避和傳統意識之間的關係上，顯示了不當的引用。世紀初的對於詩的革命，在於厭惡誇張、虛偽的浪漫情緒，而轉向古典的知性的崇拜上。在我看來，這也是同樣的屬於要了父親，而遺棄了母親一樣地愚蠢。

二元觀點在人類的腦中拔除不去，常使人類的思考難以明晰中正。固然知覺所代表的含意與優點，我們沒有一句異議之辭，但是詩人對事物的精神運作，如果只止於知覺的階段，那決無激發詩的可能性，詩不存於知覺，只有觸動情緒的根絃，引發感動才成為寫詩的契機。莫爾 (Moore) 說：「興奮成為動機，而自己的防衛意識則形成了形式」，這是相類似的說法，但是她與艾略特一樣的陷入二元的泥沼，既不可否認情緒，而又痛惡情緒讚美知性，形成取捨態度的偏頗。

詩不存在於知覺，情緒亦只是詩的動機，只有由情緒出發，通過知覺，進入意象的狀態中，我們才能窺見詩的面貌。那麼，詩既是經由情緒的引發而來的，所謂完全逃避情緒，只是艾略特在理論的觀點上，一種刻意的強調罷了。現代主義的作品中反而具有濃厚的浪漫精神，形成對自己本身的諷刺，艾略特稱為：「不得已的浪漫精神 (Enforced Romantic)」實在有脫不掉尾巴的痛苦吧?!

所以只有白金絲和二氧化硫，要成為硫酸是談不到的，要在硫酸中，否認氧的作用也是不可能的。

二

對於傳統的體認必需泯除個性的這一個衝突的意識，控制了世紀初以來創作的理念，自從艾略特為文以後，人們被逼迫在必需選擇的境地。在心靈與熱情之間，前者必需超越後者。他說：「他的藝術修養到家，二者之間的分別愈為明白。熱情是他的創作的素材，但是詩人的藝術修養愈高，他愈能完滿的消化並超越他的熱情。」「觸媒作用必須在有白金絲存在的場合才會發生；然而在新組成的硫酸裡面並不含有白金絲的成份，而且白金絲本身也顯然並未受到絲毫影響：它仍然是靜止的，中性的，毫不起變化的那麼一條。」「成熟的詩人的心靈和未成熟的詩人的心靈之間的關係的不同，並非二者在『個性』上有何不同。」❶而在詩人的心靈，也即歷史意識，傳統認識的差別，所以二者相較，詩人應該抹殺個性。

艾略特的結論，依我詳細的推敲，是建立在對浪漫情緒的他個人的厭惡的情緒點上，依靠比喻來推論他底觀點的可靠性，以學識的敘說來掩飾個人的情緒，但是他的推論實行在比喻上，而非在被比喻的那個本題上，我要這樣反問：不錯，觸媒作用必須在有白金絲存在的場合才會發生，但沒有氧和二氧化硫，白金絲又有何用？或許也可以故意這樣強調說：觸媒作用必須在有氧和二氧化硫的場合才會發生。我懷疑：「而且白金絲本身也顯然並未受到絲毫的影響，它仍然是靜止的，中性的，毫不起變化的那麼一條。」這個英雄氣味的化學現象正應合了他所借比喻的那一點情緒吧？

我絕大的不滿，並不在於傳統和個性有何不妥，而在必需有選擇這一點上，以及他所選擇所犧牲的這一點上。在我認為：所謂傳統，在創作時毋寧是對詩人個人才具的砥礪吧！讓我也打一個比方：傳統是一塊磨石，個人的才具是一塊待琢的寶石，二者相摩擦所迸出的火花就是詩。我所要闡明的是：我並不需選擇與犧牲，我不需選擇要一塊磨石或一塊寶石，我所需要的是將寶石迎向磨石的摩擦。

在一個沒有一點文明的原始人的身上，他所表達心裡的感動的方法，或許是「啊啊」之類的情緒的語言吧？他所能寫出的詩，恐怕也只有這「啊啊」之聲吧？因為他沒有一點傳統可以依持；在一個不成熟的詩人，他所接受的傳統是那麼稀少，也即他可依憑的是那麼稀少，必然的他只能將情緒沒有經過太多的隔濾便傾瀉出來，傳統在這一點上顯現了它的價值。這正如一個學者和一個非學者，在一個事物的基本感受和判斷有什麼太大的差別，而在於一個學者可依持他的學習背景，也即傳統的體認，來做他的推理、建構、及說服工作，傳統給他力量，給他成為學者的有價值的力量。

但是傳統如果不進入人的心靈，充沛在心靈是沒有價值的，它只是形同古董陳列在博物館，靜靜的立在對面與你沒有關聯；如果只停留在心靈，而未作用於對個性的砥礪，也顯現不出什麼價值來，在一個沒有強烈個性的心靈，他的表達，只是一種打模工作，從傳統接受了什麼，而照樣印出去什麼，你可以從前代的傳統中找到這個印跡，甚至從一千多年前的傳統找到這個印跡，使你厭惡這種無用的浪費。

個人的才具必需吸收傳統而見充實；必需接受傳統的砥礪才見光輝。沒有傳統的吸收與砥礪，才具是非常單薄，短暫，沒有依靠。才具必需投入傳統中鍛鍊，一面接受一面反抗，接受得越多，所付出堅忍困苦的反抗力也必然越多，只有在越多的情況下，詩人的創造越具深厚，心靈越見成熟。

傳統有如砒霜的特性，兼具著良藥與毒藥雙重性質，一個沉淪在傳統而沒有超越的反抗的心靈，它的創造力必被毒殺無餘。只有反抗力超越了吸收，我們才見創造的起點。

但是為了保持個性，而規避傳統，想獲有一個成熟的心靈是不可能的，只有在不斷地接受不斷地反抗中，才能促進心靈的成熟。更廣博的傳統的吸收，只是為了更大的砥礪。才具的光輝是由砥礪而來的，要更大的砥礪只有接受更多的傳統。

可是兩者相較，在藝術品之內，個性是一個潛伏的基調，它貫串在遣詞、組句、排列、前後的秩序、意象、韻律、思想之間，由其間所呈露的特意的安排，表現了他個人的藝術，我們必需確信：藝術品所表達的內容，是經由個性的選擇所盛出來的，也即：藝術品是由藝術家以他的個性的瓶所盛出來的裡面的那個東西。並非那個東西來決定那個瓶❷。我們確信：莎士比亞的藝術的特質，只有由莎士比亞這個身上才能創造出來，決不可能由但丁或歌德的身上創造出來，不同的瓶盛出不同的內容；不同的個性造成不同的藝術！

我們可預言：傳統無論將來累積至何種程度，它未進入人類的心靈，它永遠只是僵亡，決無可能自我生活，在人類的心靈而沒有為個性所摩擦，它所能提供的只是可厭的重覆，只有經由不同的個性所摩擦所超越，它才能擴充它的內容。更廣博的傳統只是提供更大的砥礪，使才具有更亮的光輝，創造更新的藝術，除此別無所用！

三

當我們談到個性的時候，往往只指定與別人不相同的部份；我們說這個人有個性，也就是說：這個人與別人有不相同的地方。可是人人均有相同的地方，人人均有不相同的地方。個性並不單單指某些部份的屬性，個性是一個人的整個生命所表現出來的形象。

個性即生命。

在這瞭解之下，生命的一切活動均為那個生命的個性，不論他的思維方式，也即他的語言運用方式，均為個性所統制，無可逃避。個性不是生命活動中的那一部份，可以避免觸及。不是只來激發情緒，或只為情緒所引露。

即使他的體驗，他的接受經驗也均以它的特有方式；表達的選詞、組句、排列、秩序的安排，以及其間的韻律，也依它特有的慣性，或許你將詩視如：

> 在文字的谷間生存[3]

的一種遊戲，一種沒有情緒存在的知覺的高度控制：「是知性的慶典」「不是以思想或感情去寫一首詩，而是以語言。」[4]除非你願完全做著以往的重覆，否則你仍然無法逃避個性。

個性猶如影子一樣跟隨著生命❺。

四

我們應該回復到討論情緒的作用點上，我們假定：一首詩的完成，可以沒有情緒的引發，純然以感覺所組合出來的，並且他的感覺也絕不滲雜一點情緒，而純然只是知覺的話，我們可以斷言：這必是一首概念的，知識性的，沒有一點魅力的詩！

情緒的發覺，並非單單指定在我們的觸覺中，浮現到令我們激動坐立不安的程度。當然此種程度的情緒對於詩具有強大的引發力。情緒在我們的觸覺之後便隨著發生的，即使它微弱到令你不易察覺的程度，可是它確是存在著，並激發著你去寫詩！

情緒對於詩人寫詩的功業是一種驅迫之力！

「人們看起來，似乎為前面的『什麼』所牽引，其實他是被後頭的『什麼』推向前」❻。

但是情緒本身並沒有價值，它只是詩人寫詩的一種激發之力，相信偉大的情緒可以創造偉大的作品，是一種妄念。偉大的情緒只是提供強大的引發力量，它必需依附在作者豐富的體驗和教養之後，也即是說：詩人必需有豐富的教養可供情緒的驅使，才能有寫出偉大的作品的可能性！可是偉大的情緒，往往使一個詩人衝動，急忙的被驅迫出去，在此，詩人便需有壓制之力，維持排遣經驗的充分的時間，這一點，艾略特有了優越的看法。

可是情緒卻代表體驗的到達。個人體驗的到達。沒有體驗即沒有情緒；沒有情緒即沒有真摯性。在這裡，情緒顯現了它成為試金石的價值。

情緒也是詩人所要表達的一個隱伏的基調，他必然以他的教養能力來盡力的表達他的體驗。

而情緒表露在詩裡面，應存於韻律之間；所遣詞的詞味——一種屬於視覺上的感受；秩序的刻意的安排上，而不直接出現在詩裡面——應該留下更大的空間，來容納體驗的安排，不應將可貴的空間浪費在情緒的告白。

五

這只是觀念上的一個基本的看法，寫詩當然還有許多考究，許多需要注意到的細節。

在我們接受了古典與浪漫兩種文學傳統的今日，在我也寫了十幾年詩的今日，我將兩種不同的觀點調和在我的經驗上，或則我該這麼說：我是依據我的經驗來寫出我的看法。當然華滋華斯的認為詩是：「在平靜的狀態下憶及的情緒」，他的錯誤正如艾略特所指出的，可是在基本的認識上並沒有錯，只是它不周全。將詩認為：「不是情緒的奔放，而是逃避情緒；不是個性的表達，而是逃避個性。」在創作的修為上，有它的真知灼見。可是因了它與浪漫對立的本意上，導致了一種極端的影響：沒有感動而寫詩；不見個性的中性物。

或許，我們可以在古典與浪漫遺產中，找出優秀的作品，見出它們的近似性，來強調我們這種調和的觀點。

不管傳統如何龐大，它只有進入人類的心靈才有價值。在心靈裡它為個性所選擇，等待表現的機會；而詩人必需確實的去體驗，獲有激發的情緒，才成為寫詩的契機。體驗充分具有個人的特有方式，而他所用來表達的依持，也經過了個人的選擇。藝術是經過個性處理後的產品。對於個性與傳統摩擦的超越，你願說：因了個性的驅使而超越，或則因了個性的不同而處理不同，那是隨你的意思。

無論如何藝術必需有個人為基奠，個性為基調，情緒為契機，是無法否定的。本世紀以來，許多乾燥、無味的詩必需結束！

註❶見艾略特的〈傳統和個人的才能〉一文 (Tradition and the Individual Talent)。在臺灣有夏濟安和鄭秀陶的譯文。夏文在今日世界出版的《美國文學批評選》中，鄭文在《創世紀詩刊》十四期上。

註❷休姆在〈浪漫主義與古典主義〉一文中說到：「在一方面看，人性像一口井，就另一方面看，人性像一隻吊桶。」我認為本質上是一樣的，井水由井所範圍，桶水由吊桶所範圍，兩者都有限制。

註❸看奧登 (W. H. Auden) 的〈紀念葉芝〉(In memory of W. B. Yeats) 一詩。

註❹這是梵樂希的話。

註❺這句是我從 J. H. 紐曼的話蛻改出來的。他說：「風格猶如影子一樣跟隨著他。」

註❻這是叔本華說的。

自語——《天空象徵》後記

* * *

我們需要檢討我們的語言。對於我們所賴以思考賴以表達的語言，需給予警覺的凝視和解剖，我們需要以各種方法去扭曲、錘打、拉長、壓擠、碾碎我們的語言，試試我們所賴以思考賴以表達的語言，能承受到何種程度。

雖然，語言從小就逐漸進入我們的心靈，成為我們的生命，控制著我們一切的思考，一切的表達，但它是否周全可靠？需要特意的給予警惕。

無疑的，白話是不成熟的。它只達到表意的程度，缺少詩的飛躍性，每當我們從事詩的創作，往往為它散步的姿態所苦。胡適交給了我們這樣青澀的語言，雖然使我們腦筋清楚些，但沒有使我們更深厚起來，更飛躍起來。

至少，我們的語言，已失去了傳統舊詩的含納、簡潔和飛躍，我們需要正視我們現在語言的薄弱。

然而歷史是不回頭的，我們已無法退回到我們過去的語言，我們只能在現在的語言基礎上，重新鍛鍊我們的工具。重新獲得我們過去語言的優點。

改進了我們的語言才能改進我們的詩。

＊　＊　＊

重要的是精神而不是感覺。

過去我們曾耽迷在感覺，執信著形象可解決詩的一切。

然而遊樂一陣之後，我們感覺空虛！

擴散的形象造成歧義，扼死了我們的思想。我們要求每一個形象都能載負我們的思想，否則不惜予以丟棄，甚且從詩中驅逐一切形容，而以赤裸裸的面目逼視你。

＊　＊　＊

我還要去流浪，在詩中流浪我的一生。我決不在一個定點安置自己，我的歷程就是我的目的。在地平線外空無一物，我還是要向它走去。

詩的語言

＊　＊　＊

詩人是由於操作了語言與語言之間的新關聯才能找出新鮮的詩。可是，對於我們現在所持有的，有三千多年歷史，並且被十三億人口所使用中的語言，其關聯的圓熟性和豐富，雖說已達到成為世界優秀語言之一的境地，但相對地對一個尋找語言新關聯的詩人來說，卻也更見其操作的局促。這是那些操作五言和七言的詩人，從晚唐以後便碰到的命運。要不是我們現在已拋棄了文言而改用白話，拋棄了格律而改用自由的型式，將我們自己重新安置在一個自由的境地，並且由於這個自由，使我們容易發現語言的新關聯時，我們真不知道，到底還可以寫出幾首是真正新鮮的詩來？

現在我們所持有的白話性的語言，比起我們文學遺產的文言性的語言，像是在操作另一種新語言樣地新奇和無助，那些文言性語言的組織關聯，無法給我們現在的語言有何太大的幫助；因為沒有太大的幫助，那些陳腐味才不會侵襲到我們的語言中來。比起文言性的語言，白話性的語言，其組織和關聯顯得較為生硬與粗糙，由於語言生硬粗糙，詩人才有工作可做。詩人鍛鍊語言使其圓熟的歷史，也就是詩成熟的歷史；可是語言達到極度圓熟的時候，卻也是詩開始沒落的時候。

＊　＊　＊

但促使語言陳腐並非只單單由於豐富的文學遺產，還有日常現實的生活上，人與人之間為了迅速地溝通，使語言簡單化、符號化、確定化、統一化，而達到清楚快速的目的。請聽聽電話的語言吧！聽聽鄰人早晨的招呼吧！在任何時間任何場所，從任何人口中所說出來的語言，幾乎都是千篇一律地，陳腐到無法發散出一點意義來，還有人為的：在何種場合使用何種的語言區域。這種習慣性地使用語言：受限於何種時間，何種場合，何種身份的語言，沒有比這樣更令語言陳腐死亡。

＊　＊　＊

打開門吧！

這句話如果產生在室內的場合是陳腐到不能陳腐，如果產生在待產的孕婦，她的丈夫對著子宮大聲的命令，必可產生極為強烈而新鮮的衝擊吧？

開放吧！

這句話如果產生在花園的場合是陳腐到不能陳腐，如果產生在被槍決的愛國者，於子彈剛吃進心臟時的呼叫，那麼，在我們接受這句語言時，該也像挨了一顆子彈那樣地激烈吧？

＊　＊　＊

語言的力量產生在語言找到新的關聯時才迸發出來，一句非常簡單的語言，只要找到新而適當的關聯使用，便能衝擊人類的精神到一生難忘的境地。操作語言尋找新關聯的能力，便是詩人能力的指數。

＊　＊　＊

語言雖然陳腐在日常合理性的使用中，但尋找語言新關聯的操作，卻也是一種合理性的知性活動，那是全然清醒的精神操作。在一首詩的全盤結構中瞭解語言的秩序，或是從語言的秩序中建造一首詩的結構。經由「自動語言」或「自由連結」的方法，是很難達到語言的新關聯，有也只是由於偶然的機緣。無節制的超現實主義的詩，從詩的真正要求來衡量，絕大部份只是半成品或廢物而已。

語言最重要的機能在於指示思索，為了尋找新關聯，而將語言打碎到無法再行連串，實在是無用的舉動，沒有意義的語言也就是無意義的語言，因此詩人操作新關聯的語言，也必需是指意清楚的語言，才能充分傳達使用者的思考，充分發揮了語言的力量。

*　*　*

涼爽的雨後
蝸牛悄悄探頭出來
窺伺外面的風景
瘦長的頸暴露在醜陋的現實裡

——〈涼爽的雨後〉

今天的稀飯特別可口
是否煮的時候不小心掉進了眼淚

——〈五月的幽香〉

穿著破舊的襯衫四處遊蕩
穿著不可測的命運

——〈襯衫〉

有一天
鄰居的誰這樣說：
夜晚蹲在路邊的你
真像是一堆垃圾

——〈垃圾〉

那個藝人，滿身大汗的
在熱鬧的廣場上
表演他的絕技

他靜靜地立在那兒
突然，像隨風飄起的一片羽毛
停留在空中翻筋斗
然後落下
兩手撐著地面
成為倒立的姿勢
看看周圍驚訝的人群

我以為他是在用另一種角度
來瞭解這世界，然而
他的夥伴卻說：
他只是想試試他的力量
能否舉起地球罷了

——〈誤會〉

這是從鄭炯明的詩集中，所摘錄出來的較為新鮮性的語言。當然做為出發不久屬於新世代的他，從我個人嚴格的眼光來看，所使用的語言仍充滿著前世代詩人們已連結過的語言；也充滿著日常簡易性的語言。但出發不久，即能連結出一部份的語言達到一種全新的關聯，可見他做為一個詩人能力的光彩是閃閃欲現的，這是令人告慰的地方。但是要一生從事於詩的工作，詩人在詩中所能遇到的許多困難，也必會在他來日的路途上，等待他一關一關地去克服去超越。

語言的斷與連

*　　*　　*

有時，我們會發生這樣的疑問：人類為什麼不能講出一句一百字那樣長的話呢？或者全用一句二字那樣短的話來表達意思呢？在我們已有的文學遺產裡，沒有存在著這種事例，顯然地，這是人類的語言，在極長與極短雙方，都有其無法克服的困難。

一篇文章，對作者來說，實在只是講完一句完整思考的長句而已，可是任誰都會自然而然地把它切成一段段。本來是好好的一句，為什麼需要切斷來說呢？就像一支歌無論如何需要分好幾句才能唱完；每當我們讀到一個長句時，總是感到上氣接不了下氣的困難，這顯示人類使用語言是受人類呼吸的限制，語言是在這種限制之下，被創造被使用，也就是語言在發生時就存在著斷的特性。

那麼，在呼吸的限制內，將語言給予最簡單的使用應有可能罷？可是那也存在著困難，我們瞭解：人類表達完整思考的最簡單形式是：主詞——述詞——賓詞，也就是不能低於三個字，那是中國沒有產生二字經的原因。一句話最少要三個字或三個辭來連結，才能表達完整的思考，表示語言在發生時也存在著連的特性。

*　　　*　　　*

語言既然存在著斷與連兩種特性，對以語言為其唯一之存在的詩，將產生何種影響，實在有深入探究的必要，在此，我引用 William Carlos Williams 的〈Red Wheelbarrow〉一詩來分析一下：

So much depends
upon

a red wheel
barrow

glazed with rain
water

beside the white
chickens.

此詩本來是一句話，如果把它連成一個長句：

So much depends upon a red wheelbarrow glazed with rain water beside the white chickens.

那麼誰想一口氣把它講完，必然會感到困難，同時由於它沒有斷，顯然失去了飛躍性，失去了詩味而呈散文狀態。由此，我們瞭解詩是存在於飛躍性，飛躍性是由於語言的斷所產生。但此詩的斷法，除了音節之外尚有思考秩序的前後變位，照秩序的思考應該是這樣的：

A red wheel
barrow
glazed with rain
water
beside the white
chickens
so much depends
upon.

Williams是將一句話切成四段八行來說的，可是為什麼要四段八行呢？一段四行又如何？

So much depends upon
a red wheelbarrow
glazed with rain water
beside the white chickens.

或者兩段四行又如何？

A red wheelbarrow
glazed with rain water

beside the white chickens

so much depends upon.

兩段八行如何？

A red wheel
barrow
glazed with rain
water

beside the white
chickens
so much depends
upon.

從詩的飛躍效果來說，一段四行最差，二段四行次之，再來是兩段八行，其次是依照思考秩序切成四段八行，但最好的還是Williams所處理的經過思考變位的四段八行，那是這一句話，斷的種種可能性中，斷得最漂亮的唯一方法。

那麼，詩既然是由於飛躍性而來的，為了獲取詩，我們大可以把一句話盡量地切成最多的片段，最好是一字一段的程度，這點，我們還是來看看北園克衛的〈夜的要素〉：

骨
那絕望
的
砂
的
把手

有

穴的
石
的胸膛
或有
穴的
石
的
臂
偶像
的
夜
所支撐
的孤獨
的口

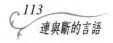

的骨
一個
的
向眼
的
一個的
龜的
智慧
或是
肥大的穴
的中間
的
戀
的

永遠
予拒絕
著
向戀
的
圖形

憂愁
的
泥
的
夢
予撕破
戀人

的
陰毛
的
夜
的
環

那
黑暗
的
幻影
的
火
的

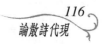

繭

那
幻影
的
死
的
陶醉
的
黑的砂
或是
黑的陶醉
的
骨的把手

（陳千武譯）

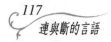

此詩，作者顯然非常意識地將語言切碎至記號的狀態來使用，利用語言斷的特性至極地而消失了連的機能，如果我們把它連成下面的形式，將較能瞭解他的思考：

骨
那絕望的砂的把手
有穴的石的胸膛
或有穴的石的臂

偶像的夜
所支撐的孤獨的口的骨
一個的
向眼的
一個的
龜的智慧

或是
肥大的穴的中間的戀的永遠
予拒絕著向戀的圖形

憂愁的泥的夢
予撕破
戀人的陰毛的
夜的環

那黑暗的
幻影的
火的繭

那幻影的
死的
陶醉的
黑的砂
或是
黑的陶醉的
骨的把手

這是我就〈夜的要素〉的現有語言，給予最大的連結，如果要更顯露他的思考，除非我改變他的語言。此詩雖經我改變它的排法，但我們仍然聽得糊里糊塗，因為它不是一句有完整思考的語言。作者是有意：「不為意思而寫詩，只是以詩形成意思。」話雖如此，但此詩是沒有形成什麼意思的。

*　　*　　*

從上面兩個例子，我們明白詩是存在於語言的既斷又連之間。為了思考的完整，需要連，為了思考的飛躍，需要斷。梵樂希說得好：「散文是散步，詩是舞蹈。」我想他是多少體味出了其間的奧妙。

＊　＊　＊

但是要把語言操作到既斷又連的情況，卻不是一件簡單的事，詩人終其一生都在做這種語言上的搏鬥吧？詩不在連，而在斷，但斷後不能再連即無法達成任務。對詩人個人來說，不僅日常性的語言，就是其他詩人所連結過的語言，對其自身來說，均是一種散文，如果直接操作此種語言無法把它切斷，即無法造出「自己的詩」。「聯想切斷」，「自由連結」，均體驗出了詩是由於語言的斷所獲取的結果，但這兩種方法均只在講究斷的方法，而缺乏講究斷後又連的方法，因此產生了許多難於叫人滿意的詩來，我想，良好的詩，該是產自那些對語言有漂亮的斷和連的詩人吧！

＊　＊　＊

從這個觀點，來考察我們那些輝煌的舊詩。七言五言的絕句和律詩，均先天性地存在著叫詩人將語言斷的條件，首先是由於字數的規定，在五言和七言之內完成一個思考：

星垂平野闊
月湧大江流

由於五言一斷，七言一斷，不知不覺的創造了中國詩的飛躍性，同時為了防止跨句，特別造出了對偶，強迫詩人的思考中斷，必需從對極的角度來重新思考，這也造成了詩的飛躍。另外為了怕輕鬆的使用語言，規定了平仄，也逼使著詩人必需一個字一個字地去凝視自己的語言。

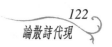

舊詩的語言雖然充滿了這樣多的斷，但其語言的連結，是建立在慣性的格律和韻的作用上，由於強制性的格律和韻，強制地將這麼多斷的語言連結起來。這種說法，是說明舊詩其「詩」是由於語言的斷，絕不是存在於做為語言黏劑的格律和韻，格律和韻只是將斷的語言連接的黏劑之一而已。

* * *

那麼舊詩為什麼必需是五言和七言呢？也就是說五言和七言就足以表達一個完整的思考呢？那是由於文言性的語言特徵所產生出來的結果，因為文言性語言的述詞絕大部份是一個字，而主詞和賓詞也大部份是兩個字的關係。「明月出天山」，如果說成《詩經》式的四言，我們只能這樣說：「月出天山」，可是此月已黯然無光。如果碰到了這樣的話：「何日平胡虜」，實在要嘆無能為力了。五言恰好能表達文言性語言的特性：

2字（主詞）＋1字（述詞）＋2字（賓詞）

而且能完成單一的完整思考，較之四言更能存在是當然的。可是在主詞或賓詞是三個字時：「芳草萋萋鸚鵡洲」，我們把它說成：「芳草鸚鵡洲」或「萋萋鸚鵡洲」，都感到沒有單一的完整思考。要把此句用五言來表現，除非是跨句，可是一跨句便是十個字，無法比七個字簡練，這是七言的發生和存在的理由。

可是我們現在用來思考和操作的白話性的語言，出現了許多三個字以上的名詞，而動詞和形容詞也是二個字為多，其性質已和文言性語言有很大的差異！要把它納入五言或七言，便感到思考無法單一地完整。因此產生了自由字數，自由句數的現代詩。

空寂的長巷
到處充斥
徬徨無主底
狂吠的狗兒
衝破夜空
悽愴的吠聲
挾帶著一陣失落的悔恨撲來
震入耳膜之際
騷擾的噪音竟是示警的音波
在迴旋　在激盪

這種迷濛的燈光下
滿是陰影的地面

走過一條又一條錯綜的街道時
我不能不小心翼翼呀

〈吠聲〉

這是從陳明台的詩集《溫柔和陌生》中，所抽樣出來的一首詩。我們會發覺，他的語言雖也求其斷，但有些斷得不是在適當切口的地方，我希望他能好好研究：一句漫長的語言，在什麼地方來斷，用什麼方法斷，相信他的詩必因此有不同的進境；同時，我們也發覺，他的語言一部份因切口的不適當，引起了連結的鬆懈。在體驗了充滿斷的語言的傳統，僅依靠其格律和韻腳便能夠連結。可見把音樂性做為語言的連結，是一種多麼靈驗的黏劑！

或大或小——田村隆一詩集讀後

為了產生一首詩
我們必須殺死全世界的詩人
我們必須殺死昨日那個我的詩人

一

日本戰後初期的詩，在日本詩史中呈現了一個尖利的突出之點，即使做為一個生存於不同環境的外國讀者的我，也充分地可以感受到當時日本詩人內在的聲音。日本現代詩所以能在這段期間表現了相當動人和成熟，依我看來，或許是由於日本詩人體驗了日本開國以來最大最深刻的體驗——國破家亡吧？

由於日本受海洋保護的立國條件所賜，自古到今，可說一直躲在一個硬殼之中，內部雖有戰亂、饑餓與災變，其體驗亦只及於硬殼之內的程度，這個硬殼的被戳破，逼使日本人活於較之其歷史更極北的生存極限，不僅體驗了大規模的戰爭，也體驗了做為一個失敗者，仆地受踐踏統治的滋味，不僅處身於破碎的家園，也處身於爛透的國土之上，活於其中體驗其中的日本詩人，面臨其歷史中最龐大最深刻的刺激，無疑對於詩的發想必有超之其歷史的強大的撞擊力。

二

那麼做為日本戰後詩人代表之一的田村隆一，其詩藝的發展過程，似可由其個人檢證出今日日本詩人所必然會面臨的考驗。

現實與藝術成反比升降的矛盾現象，我們可從歷史中找出證據：殘酷破碎的現實，會孕育出精粹動人的藝術，而安穩舒適的時代往往促使藝術墮落。

當廣島的原爆體驗漸漸成為紀念碑的時候，我想這是戰後站起來的日本詩人，其內心困難的開始，從失敗到復興的二十年，這輩人生存於兩種極端的現實，必然會陷入如何發展的一種難予抉擇的考驗。一個心靈的創傷，即使在自囚的面壁狀態，經過了二十年的時間淘洗，恐怕也會成為無關痛癢的幻影吧？從殘酷破碎的現實中活過來的這些詩人，如何抵抗安穩舒適俾免墮落，將是這些詩人心靈上極大的負擔。

三

田村接受了艾略特的方法，必是基於體驗上的雷同吧？我以為田村對於日本詩的使命，在〈幻想的人〉的時代便已完成了，從詩藝的要求來說：〈幻想的人〉是田村最富個人性的作品，至於在日本受稱讚的〈立棺〉、〈三個聲音〉、〈沒有語言的世界〉，由於語言的螺旋，其形式的發展，顯露了艾略特方法的基模。我以為這種顯露在臺灣的詩要求裡，是難予被認定其絕對價值的。

像艾略特詩的發展，最後墮落到宗教的懷抱，田村也有其不同方式的墮落。在安穩舒適的現實中，以前的饑餓已成歷史淡漠的記憶，而現在又無饑餓可接受；像地下文學已成地上文學，無名時的孤獨已成知名的騷擾，日本現實的改善，已將詩人精神中曾經的對抗體掃除，處身其中的田村，有不妥協的態度，我以為那是丟棄情念，意即隔絕我與存在環境間的感應，企圖躲在純粹而堅硬的語言裡來對抗。

四

由於隔絕與存在環境間的感應，勢必活於往日的記憶，活於已被往日界定意義的 image，由於以語言為對抗的武器，意識中被所發掘的優異語言佔滿，在創作之前的白紙狀態的瞬間，白紙上早已先入地寫上預備的語言，呈露了語言符號化的危機。象徵固定化、語言符號化是田村表現出來的墮落：

我像狗一樣垂下著舌尖 (image)
像狗垂下著舌尖

——〈一九四〇年代・夏〉

在那兒顫抖著的是什麼
把臉伏在地上

掩著耳朵的是什麼

——〈車輪　那片斷〉

蒼白而震顫著的是什麼
伏在地上掩著耳朵
閉著眼睛震顫著的是什麼

——〈腐敗性物質〉

被我底牙齒咬碎了的永遠底夏天

——〈再會〉

雷雨！我們永遠的夏天被她的牙齒咬碎

——〈一九四〇年代・夏〉

紮著繃帶的雨轉彎了

——〈秋〉

在他的面前雨受傷了紮起繃帶

——〈預感〉

雨有繃帶的味道

——〈雨天的外科醫生的勃露斯〉

岩石裡有眼睛

——〈皇帝〉

在岩石中忽然轉動的你的眼睛

——〈目擊者〉

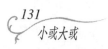

五

詩人往往有選擇幾個影射自己生命遭遇的形象的癖好，這些形象，在詩人創作生涯中，會成為血肉般具有優位性地出現，如何在連續出現之間發現不同角度的真實，將是詩人需要克服的課題之一；一個形象在一個詩人的一首詩中被界定了某種意義，如何在另一首詩中可以被界定出另一種意義？這是關聯到如何殺死昨日之我的問題。田村有其犀利的形象，但在不同的詩中被雷同地使用，表示了田村詩藝的墮落。

同樣地仗持著幾種型態的矛盾和詭論，使田村發現了超乎日常性背後的真實。但持此利器，純然以語言去發現詩的世界，將使他的語言日漸符號化地僵硬。

語言的存在價值，只有在心靈的感應與語言產生的瞬間而又永恆的結合才有價值，如果沒有心靈的感應，而被割離他用，將成為符號形式。

詩人與存在環境的感應之間，是不容有先存的語言或形象的存在，那是一個「沒有語言的世界」，純然一張白紙狀態，如此，我們方能面對著同一物象發現各樣不同角度的真實。那意味著：為了產生一首詩，我們需要殺死全世界的詩人，殺死昨日那個我的詩人，那是純然絕對孤獨的世界。

六

這也許是田村這輩日本詩人宿命性地悲哀，目前的存在環境已不可感應，為了對抗墮落，而隔絕與存在環境的感應。依持往日已界定意義的一些image，在他詩的世界裡符號性地使用，仗持著鋼硬的語言對抗軟化的存在環境，將語言先存地介入「沒有語言的世界」，導至另一種方式的墮落。

從他發展的趨向，我們將可判定：如果他不是將情念殺戮至「無為」的境地，必是在符號化上加高了它的級數。

如果他不屈於轉向的話，我們可以說：田村早已在日本詩中完成了他崇高的使命！

七

針孔雖小，但能穿過千百不同的針孔亦見其大，旅月之程雖廣邈，在一條路走上千百次亦感其小。

音樂性和雕塑性

——從覃子豪的《海洋詩抄》到《向日葵》

一

從《海洋詩抄》到《向日葵》之間，我們明顯地可以發現，作者由於時間、經驗的累積，而使思想發生了新的變化。《海洋詩抄》所歌詠的是：「我將赤裸著，像白色的天鵝，躍入藍色的波濤」的「自由」，是：「我像一隻快要悶死的鳥兒，隨時離開狹小的牢寵而飛去」的「嚮往」。儘管他的企求是多麼地急切，但那只不過是因為苦悶的束縛，急於得到脫解的一種意志而已。他說：

啊，我要在這殘酷的世界上
去尋找一個理想的境界
——一個自由的國度
一個充滿著愛情與詩和音樂的疆土

——〈嚮往〉

他有高遠的理想，但他找的是「在海上作無盡的飄流」的道路。他明知故土會使其眷戀，但苦難使其背離，無奈何的去海上飄泊，另尋一個自由的國度。雖然他激動的高喊：

「啊！兀鷹，你曾振翅奮飛
想飛上青青的天」

「啊！蒼龍，你曾臨崖長吟
想一遊蒼蒼的海」

——〈兀鷹與蒼龍〉

但他有著：「羽毛凋零」，「鱗甲脫落」的悲哀。苦難的時代，使詩人不能暢所欲為，因此他只有將滿腔憤恨，深埋心靈的深處。轉而歌詠其他，使心靈得到一種寄託。因此他寫〈追求〉的悲愴，唱〈夢的海港〉的離愁，〈虹〉的煩憂，〈當潮來的時候〉的期待。

這思想的路線，一到《向日葵》便煥然一變，從消極的逃避，變為積極的歌唱。儘管很多人，對不寫戰爭體裁的作品，予以非議，殊不知：戰鬥詩只不過是戰鬥意識的直接表現。而其戰鬥意識也可以借他物間接表現出來，這不過是隨個人所好罷了。詩人開始寫出〈向日葵〉向太陽的迎仰；〈蛾〉撲火的堅毅；自豪於〈第一個醒者〉，〈山〉的雄峙，和歌謳韓國歸來的義士們〈旗的奇蹟〉。他意味深長地給集子定了《向日葵》的名字。

夜是無邊，你，奮激的和夜搏戰
以青銅的鎧甲，黃金的劍戟
刺退層層包圍的黑夜

他寫出了自己的戰鬥精神。向日葵本是無知的，但是經過了詩人的思想給予人格化，向日葵不是成了一位為真理而戰的象徵嗎？

揮落頭上的露珠，從容的
滿懷信仰，把臉朝向東方
吸吧！吸吧！吸太陽的光
太陽的光是生命之源，你一口一口地吸吮
放開胸懷，讓熱力運動全身

戰勝了長夜，戰勝了苦難，到底為了什麼？因為他滿懷信仰的期待太陽的來臨，他深知太陽為一切「生命之源」，他需要吸吮太陽的精氣，他需要真理之光來照臨。

光的元素，使你的生命鮮活，茁壯

你的頭頂是一片片金黃，光芒四射
你膜拜太陽永恆的運行，自強不息
你讚美太陽的偉力，太陽的神奇
太陽在磅礴的大氣中鍛鍊你的生命
像鍊金者在火的熔爐裡鍛鍊黃金

他把太陽象徵為真理，為希望，為光明，他堅定的相信，只有太陽方能夠使他的生命鮮活、茁壯，他已皈依真理，他膜拜真理的不滅，讚美太陽使萬物活躍的偉力，讚美太陽化腐為新的神奇。

和所有的花朵共同生長，共同呼吸
而你醉心崇高的境界，無拘束的自由
從不頹喪和屈服，傲然在蒼茫之中獨立
無際的青空有無形的軌道縱橫

你肯定的朝向一條發光的航路
你在追求太陽的踪跡，神往一塊淨土

他十分使「向日葵」具體化，使他的思想，使他的追求堅定化，他從芸芸眾生之中，揭旗高喊，追求較常人更崇高的境界。這世界是：善惡，光暗，生死等等的綜合體，但他所朝向的只是一條發光的道路，真理的蹤跡，一塊神聖的淨土！

《向日葵》在內容，在思想已比《海洋詩抄》較為深刻，較為豐富。《海洋詩抄》大部份為感情的抒寫，如：〈海濱夜色〉、〈夢的海港〉、〈霧港〉、〈銀河〉、〈晨風〉、〈閨歌〉、〈虹〉、〈在蘋果花開的島上〉、〈嚮往〉、〈追求〉、〈驪歌〉……等等，都是浪漫色彩的感情的抒發，儘管它是：寫實的，浪漫的，象徵的，但其象徵的意味不濃。而《向日葵》的內容上其象徵意味則甚濃了，如：〈向日葵之一二〉、〈蛾〉、〈小鹿〉、〈第一個醒者〉、〈樹和星〉、〈山〉。

作者在「題記」上說：「時間、生活、思想，在我的觀念之中是三條平行的軌道；詩創作的體驗是隨著這三條軌道運行，而發生新的變化。」作者在內容上總算有了超越。

二

新詩從西洋詩中搬過來一大套技巧，而於三十年間要運化自如，顯得有點心拙力屈，人家一千多年經過無數的堆積，象徵派有浪漫派做其背景，浪漫派更有中古時期的詩歌做其背景，它是一脈的連貫和續承。可笑的是：有人去本學末，便妄學象徵派之詩，在無依憑的背景之下，難怪其力量異常薄弱，有人停滯於浪漫派的門檻，亦有拾人牙慧之嫌。在目前的詩壇，沉醉於某一派均所不宜。我們需取各派之長，而棄各派之短。

三

《海洋詩抄》和《向日葵》，我們可以發現它是幾種技巧的綜合。《海洋詩抄》可以說是一支協奏曲，而《向日葵》可以比喻為一座生命的雕像。

《海洋詩抄》大都靠音樂的節奏和旋律來表現其情調與意境，頗有法國象徵詩人保羅・魏爾崙的特性，如〈聞歌〉：

雨底歌唱出了海底寂寞
誰人的歌道出了我底寂寞
今夜，我從遙遠的海上回來
我懷念著
不知道有沒有人等我？

我是從海外荒島上回來的
歌啊！你是從那裡飄來的？
今夜，我回到久別的城市
我懷念著
不知道有沒有人等我？

讓雨落著
讓歌唱著

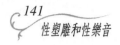

讓我懷念著
我回來了
不知道有沒有人等我？

這首詩的內容，並無任何特出之處，然而那一片音樂，則叫人不易捉摸，雖不能得到完全的印象，卻能在心靈上留下不盡的韻味。它以傷感，抑鬱的音調，寫出倦於海上飄泊的哀愁，其纏綿、深沉的情緒，都借音樂的魔力流入我們的心裡。其他如：以軟散的音調寫〈夢的海港〉的思念，以悲壯寫〈追求〉，以激昂寫〈旗〉，以急促寫〈嚮往〉，也都叫我們體味到：它的音調是隨內容而改變，急促、緩慢、高低、長短、快慢。它的音調混合於內容，形成其深遠的意境。在《海洋詩抄》裡，作者使字音儘量發揮，因此我說《海洋詩抄》是一部音樂的作品總不無意義的。

雖然《海洋詩抄》也像保羅・魏爾崙的詩含有濃厚的音樂特性，但其內容卻是寫實的，浪漫的，用暗示的地方則甚少。

《向日葵》就有一個巨大的改變，作者已不復像《海洋詩抄》般的追求音樂性，轉而採用巴拿斯派（Nammao-Viano）的雕塑性，和象徵派的暗示。然而他卻採主觀的抒情，他把心靈的雀動和意志借精細觀察過的物體予以表現出來，如：〈向日葵之二〉

以青銅的鎧甲（寫枝葉），黃金的劍戟（寫花瓣）
刺退層層包圍的黑夜
滿懷信仰，把臉朝向東方（寫向日葵的特性）
全身燃燒著意志熊熊的火焰似欲離開塵土，騰空而去（寫花的色彩和神態）

它不僅寫出整枝花，並使其形象化，同時加以象徵的意義。其他如：〈山〉、〈旗的奇蹟〉、〈樹和星〉、〈第一個醒者〉、〈蛾〉都有這種特性。尤以〈協奏曲〉和《海洋詩抄》裡的〈聞歌〉更能見出兩者手法上的差別，同為寫聽音樂的感覺，〈聞歌〉以聲音描繪感覺，而〈協奏曲〉則以形象雕塑感覺。

作者以形象的連環來表現雕塑性。作者自出《海洋詩抄》後，更能運用形象，在《海洋詩抄》裡雖有不少富有形象之句，但其形象很多是片斷的，如：〈雨夜〉

雨在街燈下
梳理她的頭髮
又讓海上的微風
吹開她的柔絲

海是寂靜
只有一隻歸來的小船
在黑浪中搖擺
靜寂的碼頭一陣語聲
有人從夜的深處回來

……

第一段的形象甚美，是主觀的，而第二段則為客觀的描寫，使全詩產生不協調。形象是感覺的繪畫行動，它是片段的，因此必需使它連環起來，而成全面的象徵。在《向日葵》裡，作者就努力的彌補了這個弊病。

詩，是描寫一點，而不是直線的敘述，在大海中，詩所描寫的只是一朵美麗的浪花，而不是海的全體。它的結構該是像朝露般的清澈單純，是一個映照上下、四面、八方的球體，是一個宇宙縮小的印模，是從一點象徵全體。達到高峰的藝術是：「單純化、深刻化、感情化。」然而在《向日葵》裡邊，作者深沉地寫艱難地寫，在二十三首詩中，作者給我們看的是一尊尊的雕像，有雄偉的，有妙曼的，它是那麼具體地讓我們欣賞，讓我們用心靈觸摸，但是作者並未將雕刻的痕跡磨平，以致我們很容易地發現他用力之處。

四

中國文字有著音、義、形三種職能，做為一個文藝工作者，尤其是一個詩人，對於兼有三種功能的工具，是否單用其一而不管其他呢？

我們不能使文字，像音符般的代表聲音，儘管它的連續將成為美妙的音樂。我們也不能使文字，像一塊大理石般的冷峻無聲，儘管它的造形是如何優美。我們要發展字義的空間性，也要發展字音的時間性。

音樂性和繪畫性
——從覃子豪的《海洋詩抄》到《向日葵》

一

鐘錶對於時間的意義，只是一張身份證而已，同樣地，批評對於作品的存在，也只是婆婆媽媽經的囉嗦而已，作品的本身就具有自我評判的功能。在時間的延續前，作品的持久程度，實是作者自我的評判，反映於讀者的評判，再回後於作品的「輪迴評判」。如是，批評的好壞，對於作品本質並不具有左右的能力，指針的快慢，對於時間的腳步，也沒有催促或阻滯的能力。只是：正確的批評：正確的鐘錶，在求其和作品和時間適當的並行，以顯示作品的正確價值，時間的正確時刻。故這一篇文字，也只是個人的研讀，在與作品做適當並行的一種努力而已。

二

詩人說：「我寫詩，是為抖落心靈底煩憂，和我理想追求的表現」。我以為這兩句話是道出了這兩本詩集，作者於觀念上的兩個不同的階段。在《海洋詩抄》裡面，由於當時時代的飄搖，現實的苦悶，作者無法面對苦難，而借包涵一切動靜的海，摹仿人類情感的海，做相應和的宣洩煩悶。雖然由於體材的繁多，在感情理智上有一部份相矛盾，但這矛盾正是其苦悶。而由這苦悶演化為理想主義的冀求，但這理想也不過是單為煩憂的抖落而已。

啊！兀鷹，你曾振翅奮飛
想飛上青青的天
但羽毛凋零
你不能去

啊！蒼龍，你曾臨崖長吟
想一遊蒼蒼的海
但鱗甲脫落
你不能去

在〈兀鷹與蒼龍〉，我們聽到詩人悲痛的呼喊。這悲痛是深沉的，無可奈何的，它是包括著對家鄉的懷念，對醜惡的痛恨，與對理想的破滅，於是詩人的心理上起了徬徨：

哦！今晨的霧多濃
你在那裡？
霧瀰漫了整個港道
你說我該往那裡去？

——〈霧港〉

看不見橋的起點
也看不見橋的盡頭
踏上長橋
何處是路？
心中憑添了
煩惱與憂愁

——〈虹〉

我將重作一個航海者乘白帆而去
我將再在海上作無盡的飄流
但我又不知道該去到那兒？

——〈嚮往〉

在徬徨之後，詩人需要有一個烏托邦，作為消極的逃避，從而做為痛苦的撫慰：

啊，我要在這殘酷的世界上
去尋找一個理想的境界
——一個自由的國度
一個充滿著愛情與詩和音樂的疆土

——〈嚮往〉

詩人在《海洋詩抄》所給我們的感覺，幾乎每篇都帶有濃厚的憂鬱，纏綿的哀愁。這悲哀依三方面發展：一種是對時間消逝的感嘆，如〈追求〉、〈老漁人與海〉。一種是對於家鄉的懷念和不能歸去的流浪情緒，如〈臨海的別墅〉、〈鄉愁〉、〈岩石〉、〈旗〉、〈自由〉、〈嚮往〉、〈倚桅人〉。一種是對於愛情的渴望和離愁，如〈當潮來的時候〉、〈你的家鄉〉、〈聞歌〉、〈發現〉、〈在蘋果花開的島上〉、〈海的來歷〉、〈不逝的春〉、〈檳榔樹的嘆息〉、〈獨語〉、〈晨風〉、〈晚潮〉、〈殞星〉、〈銀河〉、〈默契〉、〈驪歌〉、〈夢的海港〉、〈書簡〉等。其餘大部為詠物詩，需顧慮到物的客觀存在，在情緒的發展上不能充分伸展，某批評家認為這和整個詩集的情調不夠和諧，我以為那不過是把以前純粹主觀的抒情，轉換為客觀的抒情而已（詠物詩需視物的形態然後賦以生命）。

這種情緒到了《向日葵》便有絕大的改變，那是作者自己所說的：「理想追求的表現」。我們不再聞到憂鬱的氣息，詩人的內心是健康起來了：

將舊夢遺棄塵土
揮落頭上的露珠，從容的
滿懷信仰，把臉朝向東方

——〈向日葵之二〉

詩人已尋到了理想，這種理想不像以前的概念，單為抖落煩憂的逃避主義。那是一種具體地，包涵永不能消滅的真理，詩人開始作了〈第一個醒者〉：

和所有的花朵共同生長，共同呼吸
而醉心崇高的境界，無拘束的自由
從不頹喪和屈服，傲然在蒼茫之中獨立
無際的青空有無形的軌道縱橫
肯定的朝向一條發光的航路
追求太陽的蹤跡，神往一塊淨土

——〈向日葵之二〉

由於理想已存在於詩人的心底，詩人便有長久守候的信心：

不要隱藏，我在漠漠的荒原上守候你
以夜夜，年年，無窮的歲月
我寂寞時日中的光明的一生

——〈樹和星〉

有真正理想的人，不會因失意而叫囂，而流淚：

繁星像海灘上的沙粒一樣多
有的發亮，有的在最深遠的太空隱沒
我被隱沒在濃墨色的夜裡
是天文學家不曾發現的一顆星

——〈花崗山綴拾之五〉

沒有人曾驚訝的發現我的存在
我有不被發現的快樂

——〈花崗山綴拾之一〉

在《海洋詩抄》裡，詩人對於愛，對於理想，是分別的追求，愛是一種真正的本質，不管是痛苦，不管是愉悅，那只是單純源於對愛的感受。到《向日葵》時，愛在詩人的心中已變成觀念化。它已和詩人的理想結合，而詩人的理想又依附於真理。愛、理想、真理已成三連環，詩人同時追求這種觀念。在〈向日葵之一之二〉中的「太陽」，我們可以看出那是詩人的理想，也是詩人愛情的觀念。在〈蛾〉一詩中，我們可以看到詩人對愛追求的悲壯，但它也是帶有那麼濃重的對理想的想望。在〈樹和星〉這一詩中，我們也同樣地看到愛和理想的觀念化的影子。唯一的，在〈小鹿〉一詩中，我們看到詩人對於感官的享樂，但那是不同於《海洋詩抄》裡面的〈靈〉的戀愛觀，更不同於和理想結合了的愛。

在《海洋詩抄》裡面，我們看不到詩人具體的自我。黑格爾說：「藝術的目的在於從外界尋找自我」。在《向日葵》中，詩人巧妙的給自己找出一個影子，向日葵更巧妙的把理想命名為永生不熄的太陽！

三

顯然的，由於兩本詩集詩人在創作時的感情不同，在技巧上也發生了明顯的差異。《海洋詩抄》充滿了哀愁、幽雅、悲傷的情緒。《向日葵》則帶給我們堅定的勇氣，飛翔的興奮。因此我說：從《海洋詩抄》到《向日葵》的過程中，作者是從音樂性的追求轉變為繪畫性的追求。作者在《海洋詩抄》的形象是片面的運用，到《向日葵》便是全面的運用了。從借音律來表現情緒的變化，改變為借畫面色彩來表現情緒。這種改變從《海洋詩抄》的幾首詩便見端倪。如〈岩石〉、〈絕壁〉、〈老漁人與海〉、〈臨海的別墅〉便有和《向日葵》中相同技巧的運用的傾向。

音樂性和繪畫性的不同點，我們可以借《海洋詩抄》中的〈聞歌〉和《向日葵》中的〈協奏曲〉來看，這兩首同是寫聽音樂的詩，但表現方法竟是那麼不同：

雨底歌唱出了海底寂寞
誰人的歌道出了我底寂寞
今夜，我從遙遠的海上回來
我懷念著
不知道有沒有人等我？

我是從海外荒島上回來的
歌啊！你是從那裡飄來的？
今夜，我回到久別的城市
我懷念著
不知道有沒有人等我？

讓雨落著
讓歌唱著
讓我懷念著
我回來了
不知道有沒有人等我？

我以為這實在是一支歌，詩人是借音律來摹擬所聽到的那支歌。可是在〈協奏曲〉中便沒借用音律了，而是借形象來摹擬感覺：

或許音樂的魔力
能將我化成一個音符，帶著不凡的鳴響
像一隻金色的鳥，展開閃光的翼
飛向大戈壁的林泉，在泉中尋覓你的形象
飛向深遠的太空，啄落一顆顆明星
像千萬隻銀燭照亮世界
向世界每一個角落尋你

《海洋詩抄》所以動人，絕大部份是借助於音調的妙曼。像〈海濱夜色碼頭〉、〈夢的海港〉、〈霧港〉……等等，我們都可以聽到優雅的調子，伴著感情在發展。《海洋詩抄》的詩句讓我們感覺到寫實的樸素，但隱藏的音調卻是那麼多彩。雖然我們也可以看到一些優美的形象，但那種片斷的繪畫行動，於整首詩的一貫，全詩的統一性上，並無多大的補益。如〈雨夜〉：

雨在街燈下
梳理她的頭髮
又讓海上的微風
吹開她的柔絲

海是寂靜
只有一隻歸來的小船
在黑浪中搖擺
靜寂的碼頭一陣語聲
有人從夜的深處回來
…………

第一段的形象甚美，這形象是經過詩人主觀的想像，趣味的選擇而表現的。到第二段以後，則變成寫實的白描，沒有經過主觀的想像，令人對這詩發生不和諧的感覺。這在〈霧燈〉、〈晨風〉也有類似的發現。對於這缺點，在《向日葵》便有良好的運用，那是依主題的需要，而雕塑出形象：

以青銅的鎧甲（寫枝葉），黃金的劍戟（寫花瓣）
刺退層層包圍的黑夜
芭蕉在風裡招展綠色的大旗
牽牛花吹起藍色的喇叭，野百合搖響銀鈴。
慶祝你的勝利，迎來晨曦。

把《向日葵》做為追求真理的英雄的象徵，依這想像的範圍內，視需要而捕捉和英雄形態相似的形象。故在這首詩整個的象徵，和氣氛的發展上，那幾句形象是非常恰當的。

另外也令我們發現一點：兩本詩集的寫作態度不同，《海洋詩抄》是屬於浪漫派的產物，《向日葵》是屬於高蹈派的產物，作者放棄內心的抒情，更趨向於物體外型的刻畫。

〈神木〉、〈向日葵之二〉、〈山〉等，我們更感到作者把「物」「我」分開，在「我」的立點上，客觀的描畫「物體」。在《海洋詩抄》裡面，不管是詠物詩，非詠物詩，其情緒其抒寫都是趨向於平面的發展，而在《向日葵》裡面則趨向於立體的完成，這立體不是立體派的語言建築，而是借形象，將物體的各面予以連環的具體化。這在〈山〉、〈向日葵之二〉、〈蛾〉、〈向日葵之一〉更顯現出來。

「我認為一首詩，應有其完整的獨立的生命。我不希望我的詩千篇一律，固定一個形式。更不願留下任何殘缺。它是一個新的完美的整體，有著獨立的創造性。不是支離破碎的片斷，不是陳舊內容的重複」：作者更說：「我在尋求一個超越」。在這大前提之下，我們讀《向日葵》可以感到作者的苦心：艱難地寫，不斷地雕塑，下過苦功的痕跡畢現，不像《海洋詩抄》給我們純乃自然的感覺。《向日葵》給我們冷靜，堅實的印象，《海洋詩抄》給我們熱情游離的印象。《向日葵》的內容豐富得令我們目亂，像一枝同時開出幾朵的花，分散我們對於主題的注意。在簡練上，「字」「句」「段」都比《海洋詩抄》更簡練。但似乎失之於「意」的簡練。記得誰曾說過這一句話：「簡練不單只是用字用句，而是內容對主題的準確性，主題對內容的需要程度，把不必要的感情捨棄吧！」至於音樂性與繪畫性孰優？主觀與客觀何者為長？則為數千年來文學思潮爭論的焦點，個人不敢論斷。好在作品自我可以解決這問題。

抽象・殘缺・美的品性
——評黃荷生底詩集《觸覺生活》

在美術上，有所謂「品性」的即算是美的。真正能當得美術家這個名號的人，認為自然界所有都是美的，因為他的兩眼無畏的接受一切外表的真理，像打開的書本，毫無困難的在此讀出一切內在的真理。

——羅丹

《觸覺生活》，從這個書名上，我們便可以知道作者是一個對生活有特殊見解的人，是一個利用心的波動來寫詩的人，這波動乃是伸探於外界中的觸角所收集的感應，這感應是非常微弱卻又非常精緻。現代詩歌便是趨向於這種發展，它捨棄了強烈情緒，而著重於精微感觸的描繪。

但發展這種藝術卻有一件值得注意的事，即更具體的表現。因為這種「唯心」的發展結果，易流於抽象與模糊，它需要靠一種完美的東西來恰當的浮現，因此，意象派之繪畫性，象徵派之音樂性，在藝術完成的目的上，實有加以充分利用的必要！

然而，在這裡，作者並沒有做到，或者說做得仍不夠。一個人的軀體雖然不能說是也代表他的靈魂，但完美的靈魂而不能求得姣美的軀體一致表現時，總是令我們感到深深的惋惜的。

抽象，這是這本詩集首先給我們的印象，這不僅是和作者由於題材的選擇上有關，更和作者的思索，詞句的運用上有關，這是由於作者異乎常人的癖好的結果，由這癖好裡面，我們發現作者尚缺少「組織」，「連貫」的能力，不僅在形象的捕捉和組合上，缺少「向心力」的恰當組織，更在技巧上，不顧及情緒的發展秩序，或則說沒有依情緒的發作平行的表現，致使整首詩的組織，顯得零亂和不調和。

所謂形象的「向心力」的恰當組織，實為一首成功作品所不能缺少的要件，形象的捕捉容易，形象的新奇更易，形象的新奇而又有「向心力」的恰當組織才叫「難於上青天」。這種向心力無形中給予作者很大的限制，作者處處需要顧慮到情調氣氛上的調和，處處需要顧慮到主題與意義。這雖然給人莫大的苦惱，但若運用得成功，往往收到出奇的效果！而作者顯然未運用得當：如〈花與瓶〉：

搖擺著，古銅色的
飢餓的旗
亦揮舞著薄黑
薄黑的眼色
亦張放了
愚昧的耳朵
亦隨時發出
鼠灰色的顫抖

唔，甚至年紀夠大了的

瓶子們
也愛好修飾
也崇尚風流
也有個紅潤的食慾

大體上說來，這首詩寫「瓶」的第二段是非常成功的，但第一段不僅沒有意義甚至是破壞，第一段顯然是寫「花」的，作者的聯想雖然敏銳新奇，但畢竟缺少「向心力」的恰當組織工夫，做為形象上看，顯然沒有得到令人心服的維妙維肖，做為第二段意義的發展上，實沒有「導引」或「觸發」的幫助。它本來應該在形象的維妙維肖中，再賦予和第二段相對的意義，從而表現「花與瓶」間的爭執，藉以象徵人類生存競爭間的悲劇！

其次是殘缺，這是這本詩集給我們第二個印象，這乃是前面所說的不顧情緒的發展與詞句運用的關係。從上面那首詩我們就可以看到：「搖擺著，古銅色的／飢餓的旗／亦揮舞著薄黑／薄黑的眼色／亦張放了……」這種用詞顯然嫌明晰並大有毛病，本來著作的意思應該是，第一第二，第三第四，第五第六句……結合成一獨立的意思，但我們照詞性的感覺上，顯然會把第三句也歸到第一二句上，第五句才和第四句結成一組，因為「眼色」顯然和「揮舞」無關係，倒和「張放」相近一些，而「揮舞」這詞性顯然和前面的「旗」字更有連帶關係了。再則作者在每首詩的開頭每喜用突起法，如：〈二元論〉：「於是……」，〈現代〉：「亦且剛剛浴罷」，〈復活三〉：「還有歷史的問題……」。……這裡憑空突來一句，實大有商量的餘地。突起法並非不好，但需要運用得當。

無論任何作品，明晰的組織，整然的秩序顯然是先決條件，「嚴緊」，督促著小說家們，「簡練」，引導著詩人朝向這方面努力，而這些外面的努力，則歸附於情緒的平行表現，強烈的情緒不能提前表現，正如戲劇的最高潮無法放到最前面的道理一樣，它必需要慢慢的抒發，慢慢的培養氣氛，慢慢的為高潮作準備。而本書則沒有做到這地步，情緒的發展零亂，影響了每首詩中許多不調和之處。

話雖然如此說，但作者卻在這本書裡面提供了一些新的「詩素」。他從平凡的事物中，發揮了他敏銳與精緻的感觸，這感觸雖然不濃烈，卻頗引人回味與深思。

也許有人會懷疑這些平凡的題材是否值得入詩？我要說的是：「看作者的處理如何？」在文首我已引了羅丹的兩段話，這裡我想再引出一些來表達我的意思：「在自然中視為醜的，常比判為美的顯出較強的品性，因為在病狀形貌的皺蹙中，在奸惡假面的猙獰中，在一切畸形中，在一切殘缺中，內在真理的閃出，比在規則的與健全的容色上較為容易。……因品性的力是獨能成為美術的美，所以有一件生物，在自然中更醜，在美術上則更美」。

這種爭執本來不值得再提出，只是我認為目前的詩壇受到西歐中古的殘毒甚深，風花雪月，神仙般的戀愛，夜鶯，百合，仍然常在詩中出現，這種美似乎已成了一般人評判的成見。這種已經僵化的美，脫離了現時代的生活感受實大有改革的必要！

總之，在學習的開始，不是發揮個性，而是壓制個性，因為發展個性的結果，易使學習者流於歧途，在《觸覺生活》裡面，我們看到許多光輝被技巧的缺陷掩遮了，這是一個值得作者內省的問題。

評夏菁的詩集《靜靜的林間》

後浪推前浪。我們從前人接過來一份豐富的遺產，但我們不能滿足。新經驗的擴拓，舊有的驗證與評判，時時加添我們的腿力，時時鼓勵我們超越古人前進的速率！我們不願靠遺產過活，我們不願古人替我們訂好活動的章程，我們有探險的嗜好，我們有靠自己來養活自己的硬骨頭！

濟慈、雪萊、雨果、拉馬丁、波特萊爾、梵樂希、艾略特……等等有成就的詩人雖然可貴，但我們總不願「我們自己這個時代」裡面，再有一個人出來「裝扮」已過去的任何一個偉大的詩人！重視我們自己的時代！「自己」這兩個字是我心中強烈要求的。詩是一面晶瑩的鏡子，每一個詩人都想要從鏡中照出的是我們自己，真實的自己，而不是別人！

自己的時代應該從廣義上來解釋，物質上的滿足，精神上的渴望，偶像的幻滅和孤獨的戰慄，複雜的機器，難測的人性，一種廣大的寂寞和悲哀，一種永無法填補的虛無之感。這些紛紛的外界，和我們內心的紛亂，成了非常神奇的矛盾的調和，這樣構成了我們這時代的自己。小我和大我的關聯是根枝般地密切，我要完全真實的表現自己，決不是我所崇拜的任何一個人，任何一個時代所能勝任的。一葉落了，也許能使我們和古人歸至於生命的完結，這種結論：「生命的完結」，是物象本身所能表現所能解釋的最後限制，但其間的論斷，是否仍能夠使我自己和前人契合？——假若我自己是真的忠實於自己，一個植根於現代而非前代的自己。何況，我們現在又有了許許多多前人所沒有的經驗。

因此這種詩，並不是新思潮的甦醒，或則被遺忘的發揚，而是已腐臭的草堆中偶然被風吹起的一兩片葉沫。(所謂腐臭並不是有意否認先輩們的價值，而是並比著現在更新更高的價值時，所發生的不足之感。這正如草之所以腐臭，完全是已死的草停止了生命的動力，目望著新的，躍進的宇宙漸漸遠離了它，令我們所產生的對比感覺。)

首先我欲提出的是對作者觀點立場和態度的不同意，即是：「懶惰的觀照」。這是說：

作者沒有將舊有的經驗組成一種新的東西。疏忽，或者說是執拗，使作者無形中替古人做了翻版工作。經驗的承受是好的，傳統的深厚性（倒不如說是成了公式樣的必然性），給予讀者也許是一種易於明白的便利。正如一個人說了：「殘月如……」我們便會替它接上了「鉤」字。

但做為一個真正詩人是需要創造的。

我們從鏡子中照出的希望是我們自己，不是李後主。

作者從西歐詩人接受了許多經驗（這些經驗並不是作者的，乃是他所讀到的那些詩人的），作者或許以為這是他的光榮和權利，因而毫不猶豫的把它用到詩來，在他以為他已完全表現了自己，發洩了他的感觸，但是他錯了，還有一半水固執地在他的心瓶裡晃盪，不僅如此，就是在我這個讀者的心裡，依然有五分之三的水在晃盪！

寫詩不是像一個經紀人，只作了買賣兩方的轉讓，他需要貼本，把接過來的東西，再加一些禮品給讀者。

這不是說作者本來對讀者是這樣地吝嗇，那完全是作者忘記了自己的時代，而生活於他所崇拜的時代。我們從裡面也可以看出他躲避的努力（為了怕被人說抄襲，是一種社會的壓力加給他的無意識的反應）。在這裡，我們不妨來一個實驗：

破牆上的花朵，
我自裂隙中將你採折，
我持住你，根株同一切，在我的手裡。
小花——設若我能了解，
你的意義，根株同一切，以及一切中之一切我將參透神人的奧祕。

——引張秀亞先生譯丁尼孫的詩

我們想想看：有一天早晨，丁尼孫散步歸來，或者是剛要去散步，大自然清新的氣息活躍了他的想像，他需要寫詩，一種強烈的壓力壓迫著他的心靈，要他喊出一聲——替宇宙打開一個呼吸的孔隙。他找不到，他徘徊，偶然經過一座頹牆，看到了一朵小花生長在裂隙間，——不是在廣大的泥土上，他感到奇怪，把它折到手中細著，他沉思著，他思索著，忽然間他領悟了，「小花」！他喊了一聲，於是詩形成了，他想著生命的奧祕，生命的調和，生長在牆隙間的堅忍，宇宙的互傷……或則想得更遠更多……。

現在我們回頭來讀夏菁先生的〈紫花〉：

在狹窄無情的岩石縫中，
一株紫花，正臨風擺動。
雖然他看來跼蹐，渺小，
在那裡卻獨具生之崇高。

他伸出玲瓏可愛的小手，
將大自然的賜予，一一接受。
他綻開朵朵鮮嫩和嬌小，
像無邪的孩童，向上帝微笑。

他那幼稚微細的鬚根，

怎能溶解這岩石的堅硬？
又不斷變為自己的美麗，
無人能懂得其間的奧祕！

他有首抒情，味醇無聲，
能使蜜蜂像遠方的知心，
趕來他面前，細細諦聽，
又興奮地傳播他的歌聲。

「我怎願和松杉比高？
也不屑與玫瑰賽嬌！
我堅定勿移地長在這裡，
不管我偉大，罵我渺小！」

我們也想像著夏菁先生對著一株紫花思索著，他驚異於生長在石縫中的本能，他想說出心中的顫動，但是丁尼孫給他的經驗把他催眠了。「來吧！」於是他思索的路線照著丁尼孫的指向寫下了第一段。但是忽然間，一個警告的聲音出現了：「不要抄襲！」於是他驚了一驚（但仍在昏迷狀態中），寫下了第二段。一段時間過去，惰性又來了，於是又照著丁尼孫的經驗說了。但是剛才的恐嚇又在心中昇起，他向右走了一步，覺得還不行，索性不照丁尼孫的指引，斜著走過去，但是另一個人給他的經驗又在催眠他了：

「我怎願和松杉比高？
也不屑與玫瑰賽嬌！
我堅定勿移地長在這裡，
不管我偉大，罵我渺小！」

這種自滿的哲學，卑微的事物滿足於配角的態度，仍不是多少歌頌渺小生物的詩人說過？

我並不反對採用或收容舊有的經驗，我要說的是必需要站我們自己的時代處理這些經驗，化合這些經驗！

「化合」，不是說：幾種舊有的經驗同時生硬的出現在一首詩裡面，而是需要通過作者的思想、感情、趣味的選擇，從舊經驗中提取精英融和而成，也就是說：將無數的泥佛擊碎、加水，再用自己心靈的印模塑造出來一尊新的佛像！〈紫花〉，在詩的藝術上不能令人讚嘆，因為它的要害已被丁尼孫射中了，不多不少的簡練，恰到好處的簡練，這一點——情緒的最豐盈點和文字最簡練點的接合處，使丁尼孫的詩留傳下來了，使丁尼孫成為不朽的創造者，而做為後來者的夏菁先生，他沒有從更遠的距離上來取勝，他和丁尼孫同距離的舉起箭了，他不敢射中，抄襲的罪名恐嚇他，因此他射得偏差了（包括躲避和功力不夠兩種因素），這一偏差，終於使夏菁先生只作了歌吟者而不是作曲者。

顯頓(Dryden)說：「我們承認我們的祖先是很有智慧的，可是他們的地產未到我們手前他們已經把它毀滅了。沒有一種想像，沒有一種人物或是任何結構，他們莫不使之腐敗而失掉價值，一切東西到我們手中都已經污穢了，荒廢了……所以這是一個值得討論的問題，到底我們是應當不再寫作，或是應當嘗試另外的方法。」他說出我們步步陷阱的困難，在舊有的王國中做為一個創造者的不容易，但我要申引幾句話：「舊的經驗依然值得我們利用，甚至比新的事物更能充分表現出我們自己，問題是在方法，在於加入一種使它發生化學作用的藥品，這藥品是什麼？乃是屬於這時代的特質。」里爾克說：「我們到底發現了些什麼呢？圍繞著我們的一切不都幾乎像是不曾說過，多半甚至於不曾見過嗎？對著每個我們真實地觀察的物體，我們不是第一個人嗎？」從這話裡，我們可以知道里爾克是一個用功的詩人，一個有新的觀點立場的詩人，我們相信，在他成為一個詩人以前，他必已和夏菁先生一樣地接受了許多前輩們給他的經驗，但他沒有像夏菁先生一樣地把它搬過來當作自己的，他只把它當作一種啟發，甚至當作推翻的對象，他說：「我們到底發現了什麼？」新的組合，使他發見了前人所未見到的天地，這口氣比顯頓有更深刻的看法。他是真正站在自己時代觀點的詩人，舊有的經驗不能完全表現出他的感受，他需要完全的表現自己，表現出自己所處時代的特殊感受，這種感受是「我們幾乎不曾見過不曾說的。」因此，他發現了許多物體的新靈魂，見到許多物體的新姿態，他把握這一些——這一些自古以來，從來還不曾被人注意到的——在詩中表現出來。

談到這裡，我禁不住的要接觸作者的文字問題，我不願從韻律上來衡量作者的選擇是否明當，奇怪的是：從裡面我也發現一份深厚的傳統性，一份只表達了意義而消失了感覺與情緒的文字。我真要說出「有韻的散文」這句話，當然文學並不是機械並不是公式，我只指出了這種趨向性而已，詩與散文的區別不在於有韻無韻，每一個從這方面探索的人，都是那麼容易碰壁，它的區別應該在情緒的濃薄上著手：

從早到晚

從早晨的面幕到蟋蟀歌唱的地方。

顯然這兩句話都是說出「整天」這個觀念，但它卻表現出什麼是散文什麼是詩的分野，第一句幾乎不能夠從我們心中引起感覺和情緒，只給了我們明白的意義，而第二句便不同了，作者懷鄉的情緒也同樣地留給了我們意義，也留給了感覺。我們驚異地發現：詩的句子，竟帶有了濃烈的色彩與豐富的音樂性！

成功的作品是全面的和諧：內容的剪裁，形象的捕捉，音律的流暢，文字的鍛鍊，都是匹匹難於伏順的野馬，我們尋覓，時間也尋覓，一個能夠同時駕馭這幾匹馬的車夫，將我們帶到一個驚奇的境地。反過來說，功虧一簣的作者，實乃停滯於「行九十九里路則半」那個「半」字上，一面的不足，便影響了全盤的組織。前面說過，傳統深深束縛著作者，不僅內容上，甚至詞句上也有一份跼蹐！日常語言的文字——淡薄到幾乎沒有色彩的文字，無法容盛作者更豐富的情緒，作者不能不從增加韻律上來補償，但是，這種過份的努力，令人有沉重的感覺。

對於這種結果，我仍然要歸附於作者缺乏打破傳統的勇氣。日常語言漸形貧困，容許到大家共同說出的文字已消失了特殊的感覺，做為表現個性的近代文學上，只給讀者便利，卻給自己消滅價值。

真奇怪，開頭一步走偏差了，竟引起全盤的不足，不僅內容方面受到束縛，連運詞方面也令人感到無法靈活的沉重，而兩者又那麼一致無間，從這一致的感覺上，我們發現有一種強大的力量在幕後操縱！自覺與不自覺，作者整個思想，環境做它的依憑。但我不願從開頭的一步偏差，而抹殺整個行程的價值，至少它應該有些留剩，作者整個生命支持它的作品，雖不龐大，卻也值得我們繼續觀賞下去：

> 它從來不肯寬容一下；它，就這麼來啦！啊！你看在顫慄，在掙扎。或用哀怨的眼睛去求它；而它，卻像惡魔般一口就把他吞下。

時間的殘酷，使我們感到生命的渺小，多少英雄在激烈的反抗，想在它的奔流間，建起一座不毀的金字塔，但是，人力有限，沒有人完成了全部的理想，便在洶湧中無告地泅沒。作者禁不起這施虐，意志在心中昇起抵抗的慾望：

> 我常常希望自己是一個司機，可以駕御它前進；倒退；飛快；緩慢；全隨我的意。

但脆弱的力量，使作者感到：

> 我明白它是無窮，我卻有涯。當我孤單地聽到鐘聲多一個滴答，就猛悟在整個的生命中已減少一下。

於是他只好逐波浮沉：

無論怎樣講，它大體上還算好。

它使花開得不遲也不早；冬天過了，春天就到；今天失望還有明朝。

作為一個失敗者後（事實上每一個人都是失敗者），潮流將他沖刷下去了，他不再反抗，沿著芸芸眾生所趨向的河道，向那死的大海流去，他經過了「幸福」的陽光地帶，但轉瞬間又落入「悲哀」的陰影，這不可抗拒的力量，生命的大流的壓力。於是「命運」出現了——一種被征服的迷信：「自古美好的情景，總是可遇不可尋。」

幸福是一層美麗的糖衣

幸福是一株虛榮的曇花

生命越成熟越沉重，道路越來越崎嶇，共同的經驗使我們不能不相信這迷信，甚至看一眼歷史，它們也在那裡點頭稱是。作者禁不住在進行的行列中停下來，在「瞬間」上劈開世界的橫面：

西方的帝王於餐桌前正在嘆息，
東方有億萬人盼望著光明速蒞。
有人在戰場，流出他最後一滴，
有人在教堂，高聲把和平懇祈。
有人正埋頭研究全人類的福利，
有人挖空心思把地球毀於一夕。
有人正想用火箭作宇宙的遊歷，
有人還應用著弓箭與猛獸對敵。

有人的足跡已遍達全世界各地，
有些人卻生老病死在同一城裡。

有的在惦記陸上，有的在懷念海洋；
有的在海誓山盟，有的想團敘天倫。

也有在竊竊私笑，也有在暗自流淚；
也有在昏昏欲睡，也有在汗流夾背。

這不是一面豪華的彩盤嗎？多少角色在擲賭他們的生命，在各人所站的立足點上，他或許出人頭地，或許仁慈或許卑微，但時間超越這些：地域、階級、信仰，它依然奔流下去，不停留地，普天之下充滿了時間摧殘的災患！

於是生命的價值分出來了，於是藝術的境界分出來了。創造者以叛徒的姿態出現，在廣大的空間，匆促的一生，發出反抗的怒吼，他們憎惡這種統治，我們看到惠特曼在

〈一隻不言不語的綴網勞蛛〉中所伸出的意志：

一隻不言不語的結網勞蛛，
我見它在四面隔絕的屋簷上孤懸，
我見它如何在浩瀚的空中探險，
它從自身飄散出一縷一縷的絲來，
永遠在編織——永遠孜孜忙碌不倦。

而你呢，我的心，你在那裡？
孤懸在無限空間的大海和周圍隔絕，
不斷地想冒險去覓日摘星，
　想把它們彼此牽連，
啊——心靈，只為要你所放出的遊絲能附著某一點。

——引桑簡流譯文

也許他們仍然要失敗，失敗得那麼慘烈，無涯與有涯的對立那麼懸殊，但這種意志這種怒吼，在我們後一代的心靈上，挑起了隱藏在千層萬層下的共鳴！「失樂園」給我們的不單只是一個創世的故事，在那背後更有一顆反抗未知的心。而另一種人看到了這悲劇，但卻怕這悲劇，他們有反抗的念頭，卻沒有持終的力量，於是他們屈服在統治的力量下，他們有的是觀賞的興趣，自然展覽給他們無限的景色，他們吟朗的是歡欣，一種觀賞者的無聊。而另一種人是不知不覺，一粒沒有靈魂的塵灰！一陣吹過人間的風，無聲無臭！

如今，作者選擇一角靜靜的林間做他散步的地方，他有的是淡泊的胸懷（恰好是人間百象的一個匆匆的過客，來到這塊自然的畫景做悠閒的觀眾），然而他太愛好冷眼看世界，冷得只看出色彩和形狀，只聽出清脆的鳥聲，那後面隱藏更深的東西是什麼？他沒想，他只努力地在代入形象的方程式：這個形態和那個形態相似。

請恕我的用詞拙笨，無法打中釐計的絲毫，然而我不希望自己是偏頗。作者有的是形象，有的是聲音，但他無法走進那幕後，他缺乏自覺的深思，色彩把他迷住了，聲音把他迷住了，他只站在自然的畫前唱出他的讚歌！

三民叢刊中的現代詩

52 天國的夜市（經典重刻）

余光中 著

余光中素有「詩壇浪子」之稱，他由新月的浪漫風味出發，歷經現實的洗禮、鄉愁的苦吟，最後回歸古典的召喚；而他如何由《白玉苦瓜》拓展到《高樓對海》的恢宏境域，並展現出結合陽剛魄力與音律美學的成熟詩風，可自本書看出端倪。

185 白萩詩選（經典重刻）

白萩 著

他的詩，在自我個性的表現中，蘊含著濃郁情感；他的詩，以大膽而富有想像力的文字，挖掘現代人的內心世界與存在價值，意圖喚醒人們的知覺。這就是白萩，在詩的國度裡永不退縮，不斷地尋覓與嘗試，不斷地翱翔……

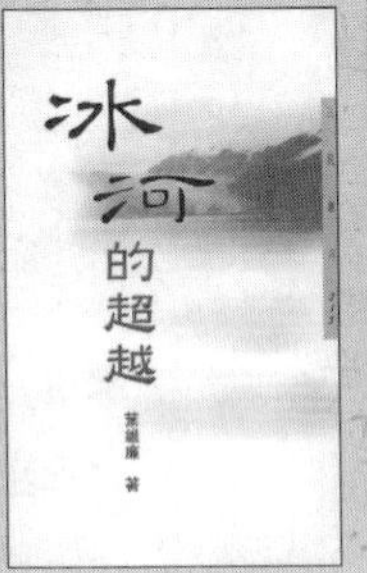

215 冰河的超越

葉維廉 著

在新生的冰河灣初次與壯麗的冰河群相遇，面對這無言獨化、宇宙偉大的運作，喜悅、震撼、思涉千載，而激盪出澎湃磅礴的《冰河的超越》。作者為臺灣詩壇素負盛名的前輩詩人與評論者，書中收錄其新近詩作，是浪漫文學風潮下別具新意的作品。

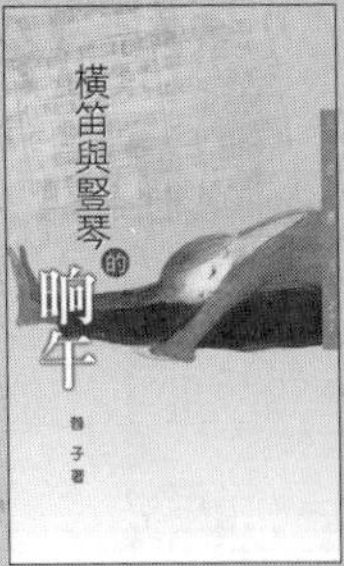

297 橫笛與豎琴的晌午（經典重刻）

蓉子 著

她在余光中眼裡是臺灣詩壇上「開放得最久的菊花」。她的詩「在整個臺灣現代詩的交響中，有如一架豎琴，佔有不可或缺的一席重要地位。」請再一次諦聽「永遠的青鳥」的歌唱，再一次凝視翩翩文字與旋律的共舞，再一次貼近蓉子以典雅細膩的網所織就的一切——用你的心，和你的靈魂。

延伸閱讀

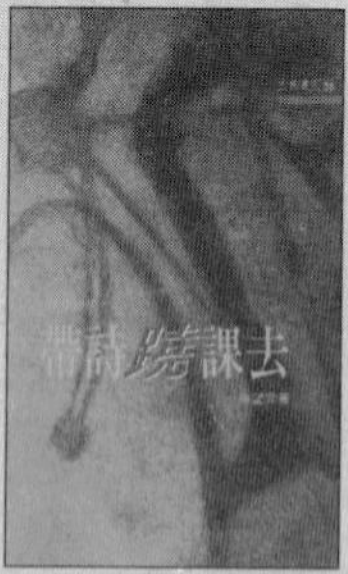

38 帶詩蹺課去——詩學初步　　徐望雲　著

自由詩發展到今天，不管就文體或被接受的程度，都有許多問題尚待解決。本書以輕鬆的筆調、嚴肅的心情，一步步為您揭開謎底，讓所有問題的答案都赤裸裸地呈現。

104 新詩補給站　　渡　也　著

以淺易有趣、實際有效的方法，教導讀者學習寫詩；將新詩運用於廣告上，值得關注和提倡。另有新詩的鑑賞、批評，及作者寫詩動機、詩路歷程及詩觀。

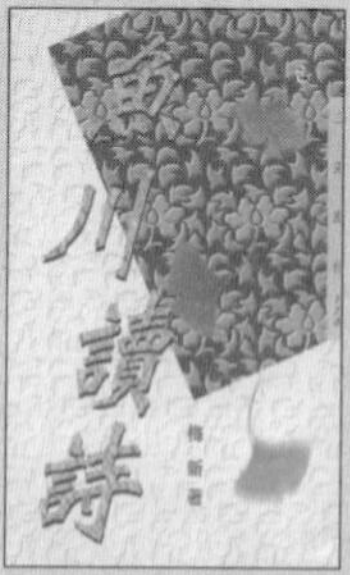

170 魚川讀詩　　梅　新　著

身為詩人、編者兼文學愛好者，《魚川讀詩》藉著不鬆不緊、從容不迫的談論，從多角度的觀察，引領更多讀者產生對新詩閱讀的興趣，刺激詩壇煥發出另一番美景。

296 我為詩狂　　向　明　著

詮釋詩意不一定要用艱深難懂的學術語言，向明擅長於平淡處，以心靈的感受，直接而細膩的評析詩作，令人印象深刻，回味無窮。他談詩，積累數十年鑽研現代詩的深厚經驗，發而為文，能見人所未見，點出詩作的弦外音。

國家圖書館出版品預行編目資料

現代詩散論／白萩著.－－二版一刷.－－臺北市：
三民，2005
面； 公分.－－(三民叢刊:187)
ISBN 957-14-4187-2 (平裝)
1. 中國詩－歷史－現代(1900-) 2. 中國詩－評論

820.9108 93023585

網路書店位址 http://www.sanmin.com.tw

© 現代詩散論

著作人 白 萩
發行人 劉振強
著作財產權人 三民書局股份有限公司
臺北市復興北路386號
發行所 三民書局股份有限公司
地址／臺北市復興北路386號
電話／(02)25006600
郵撥／0009998-5
印刷所 三民書局股份有限公司
門市部 復北店／臺北市復興北路386號
重南店／臺北市重慶南路一段61號
初版一刷 1972年5月
初版三刷 1983年8月
二版一刷 2005年2月
編 號 S 810250
基本定價 貳元肆角
行政院新聞局登記證局版臺業字第〇二〇〇號

ISBN 957-14-4187-2 (平裝)